KB275831

사람이
아름다운
이유

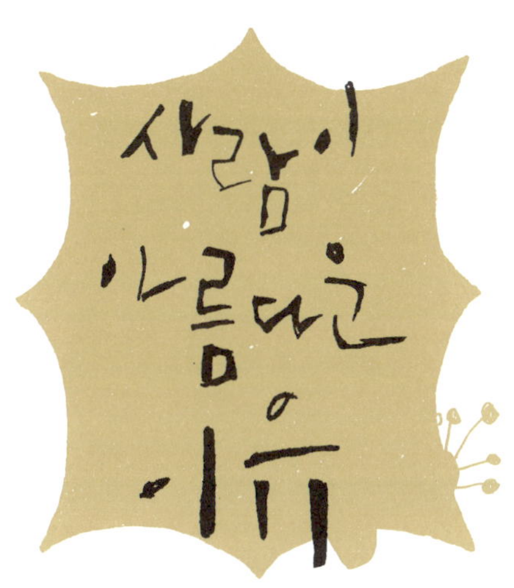

사람이 아름다운 이유

박승근 글·사진

푸르메

사람이 아름다운 이유

1판 1쇄 발행 2009년 3월 20일
1판 2쇄 발행 2009년 11월 27일

지은이 | 박승근
펴낸이 | 김이금
펴낸곳 | 도서출판 푸르메
편집 | 김정현
마케팅 | 김석현
등록 | 2006년 3월 22일 (제318-2006-33호)
주소 | 서울시 마포구 서교동 451-45 303호 (우 121-841)
전화 | 02-334-4285~6
팩스 | 02-334-4284
전자우편 | prume88@hanmail.net
종이 | 화인페이퍼
인쇄 · 제본 | 한영문화사

ISBN 978-89-92650-19-9 03810

사람 사는 세상이 아름다운 이유는
사람 사이에는 희망과 사랑이 늘 함께하기 때문이다.

|지은이의 말|
희망이 에너지인 사람들

아무리 소소한 일상을 살아가는 사람에게도 삶의 드라마는 하나씩 있게 마련이다. 그 드라마에는 기쁨과 슬픔, 외로움과 행복 모두가 들어있다. 대부분의 사람들은 가슴 한쪽에 묻어둔 삶의 드라마가 응어리진 채 가슴을 밀고 올라올 때면, 그것을 꺼내놓기보다 다시 바쁜 일상 속으로 밀어넣고 묵묵히 살아간다.

사진은 그런 점에서 참 묘하다. 기껏 감춰둔 내 삶의 모습을 애꿎게도 영원히 남겨버린다. 다큐멘터리 사진가는 타인의 공간에 들어가 삶의 순간을 잘라내면서 일을 할 수밖에 없다. 얄미울 것이다. 하지만 수십 번 욕을 먹어도 촬영을 계속한다.

방송의 〈포토다큐 사람들〉 제작팀은 급하게 사진작가가 필요했고, 대학에서 강의 중이던 나에게 연락이 닿았다. PD와 작가를 만나 자세한 내용을 파악할 겨를도 없이, 제작진 얼굴도 모른 채 전화로 전달받은 취재원의 이름과 전화번호만 들고 촬영을 시작했다. 〈포토다큐 사람들〉은 유명인이 아니라 동시대를 살아가는 우리 소시민들의 일상에 담긴 삶의 드라마를 보여주는 프로그램이었다. 내가 카메라에 담는 주인공들은 언제 어디서나 볼 수 있고, 어쩌면 길거리에서 내 어깨를 부딪치고 지나갔는지도 모를 지극히 평범한 사람들로 채워졌다. 그러나 그 평범한 삶들은 들여다볼수록 매력이 있었고, 계속해서 작업을 이어가게 하는 흡인력이 있었다.

대학원 시절, 짧지만 강렬한 가르침을 주신 선생님이 한 분 계셨다. 미국에서 오신 직후라 나는 그분의 첫 제자인 셈이었다. 배울 것은 너무 많았지만 시간은 빨리 흘렀고, 한 학기가 끝나갈 즈음 선생님께서는 명쾌한 한마디를 던지셨다.

"소재주의에 빠지지 마라."

그 한마디는 그동안 나를 혼란스럽게 하던 사진과 성공에 대한 생각을 일순간에 정리해버렸다. 다 아는 얘기라도 막상 내 앞에 일이 닥쳤을 때는 생각만큼 쉽지가 않은 법이다. 사실 그 전까지만 해도 좋은 사진을 찍고 사진가로서 이름을 날리려면, 소위 말하는 그림 되는 곳을 찾거나 오지를 촬영하고 전쟁터에 가야 된다고 생각했다. 자극적인 소재가 아니면 찍어본들 무슨 소용이 있을까 하는 의구심만 가득했다. 전쟁터에 가야 한다는 조바심은 점점 스트레스가 되어갔고, 세계 오지를 탐험하기엔 턱없이 부족한 주머니 사정에 사진을 포기해야 하나 고민도 많았다. 그런 현실은 나를 점점 슬럼프로 내몰았다.

일간지 사진기자나 잡지사 사진기자로 살아가는 것은 분명 쉬운 일이 아니었다. 그 분야에서도 선택받은 소수가 아니면 실력이 아무리 뛰어나도 미래를 장담하기는 힘들기 때문이다. 더욱이 그렇게 10년, 20년이 지났을 때 '내가 원하던 사진 인생을 살아왔는가'라는 물음에 긍정적인 답을 할 수 있을지는 아무도 모를 일이었다. 먹고 사는 것도 중요하지만 처음 사진을 하리라 마음먹었던 그때의 나 자신을 배신하는 것 같아 혼란스러웠다. 점점 소재와 이슈에 집착하게 되고 그런 사진을 찍지 못하면 사진가로서 생명이 없다고 느끼던 터에 듣는 선생님의 말씀은 그렇게 속 시원할수가 없었다.

선생님은 자꾸 소재만 쫓다보면 더이상 발전이 없다고, 진짜 실력 있는 사진가는 심심하고 평범한 일상에서 드라마가 충만한 순간을 포착해낸다고 하셨다. 그런 눈이 있는 사진가라면 어디를 가서 무엇을 만나도 소재주의에 빠진 사진가는 상상하지도 못할 시선으로 순간을 포착해낼 수 있다고 하셨다. 나는 너무나도 간절히 그렇게 되고 싶었다. 내가 있어야 할 곳은 억지를 부려 찾아갈 오지나 전쟁터가 아니라 지금 발을 디디고 있는 '여기'라는 생각이 들었다. 여기서부터 시작해야 함이 옳다고 느꼈다.

　내가 변해서일까. 심심하다 못해 아무것도 내세울 게 없다는 주인공들의 손사래 뒤로 그들 삶의 드라마가 보였다. 지금 생각하면 말도 안 되는 제작비를 받았지만 때론 돈보다 해야 할 일이 더 중요할 때가 있다는 믿음으로 1년이란 시간을 보냈다. 그렇게 모아진 사진은 수천 장에 달했다. 하지만 방송시간 20분 동안 보여줄 수 있는 사진이라고 해봐야 고작 한 편당 수십 장에 불과했다. 그것도 내가 보여주고 싶은 사진보다 프로그램의 흐름에 어울리는 사진이 더 많이 보여진 것이 늘 아쉬웠다. 아깝게 잠들어 있는 사진과 주인공들에 대한 이야기를 보다 많은 사람들과 나누고 싶다는 생각이 머릿속을 떠나지 않았다.

　사진이란 매체는 그 자체로도 훌륭하지만 한계도 분명히 있다. 사진이 글과 만나면 그 이상의 느낌과 감동을 가진다. 그래서 기억을 떠올리며 틈틈이 글을 적었다. 원고를 어느 정도 준비하던 중에 서점을 찾았다. 서가에 진열된 책을 일일이 들여다보며 평범한 사람이 사는 이야기를 책으로 출판하는지 확인이 필요했다. 내가 쓰는 책의 주인공은 유명인도 아닐 뿐더러 특별한 사람도 아니었다. 이런 사람들의 이야기로 채워진 책이 과연 있는지도 궁금했다. 기가 막히고 혼을 쏙 빼놓는 사연도 없는 보통 사람들의 일상이 과연 책으로 존재할까 싶었다.

　그렇게 며칠을 뒤져 찾아낸 출판사가 '푸르메' 였다. 어찌된 영문인지 이 출판사가 펴낸 책 몇 권은 하나같이 신문에 비유하자면 1면에는 접근도 할 수 없는 저 뒷면 구석에나 등장할 법한 사람들의 이야기로 가득했다. 무작정 샘플 원고를 일면식도 없는 출판사로 보냈다. 며칠을 기다려도 소식이 없어 낙담하던 중에, 뜻밖에도 김이금 대표의 전화를 받게 됐다. 살면서 그렇게 경계심 없는 목소리는 처음이었다. 막상 샘플 원고를 보내고도 내용이 부실한 것 같아 부끄러웠는데 한번 해보자는 김이금 대표의 말이 처음에는 믿기지 않았다. 평범한 사람들이 살아가는 이야기, 그 속에 녹아든 삶의 철학과 가치를 다룬 내용을 찾고 있었는데 마침 내 원고가 그 지점에 닿았던 모양이다.

근 두 달 가까이 내 모든 일상은 원고 작성에 맞춰졌다. 학교 수업과 먹고 살기 위해 해야 될 일을 빼고는 취재며 촬영이며 모든 걸 버렸다. 오로지 원고만 썼다. 너무 힘들어서 탈모가 생길 정도였다. 누군가가 살아온 평생의 삶을 부족한 내 글재주와 사진 몇 장으로 옮긴다는 것은 섣부른 장난이요, 흡사 조롱처럼 느껴졌다. 쓰고 지우고를 반복해도 달라지지 않는 내용에 머리가 갑갑했다. 진호 어머니의 마음을 다 아는 것처럼 쓰는 것이 죄를 짓는 기분이었고, 이제는 형이라 부르는 부산역 거리 가수 호준이 형의 쓰라림은 제대로 표현할 수가 없었다. 밤을 지새도 원고는 겨우 몇 줄 늘어나 있을 뿐이었다. 자괴감은 글뿐만이 아니었다. '내가 사진을 이렇게도 못 찍는가' 하는 자학은 이루 말할 수가 없었다.

출판사에서 정한 원고 마감일이 다가오면서는 완전히 다른 방법으로 원고를 썼다. 필요한 부분을 보충하기 위해 주인공들을 다시 찾아가 만나서 이야기를 했고, 전화를 걸어 궁금한 걸 묻기도 했다. 시간에 쫓겼지만 그래도 그렇게 하는 것이 제일 좋은 방법이라 믿었다. 그렇게 풀어낸 원고가 이제 책으로 나온다니 너무 떨리고 불안한 마음이다. 책의 주인공들이 자신들의 삶을 이 정도의 표피밖에 모르면서 어떻게 사진을 찍고 글을 썼냐고 원망할 것 같아 두렵기만 하다.

다른 사람의 이야기를 하는 것이 처음엔 쉬운 듯하지만, 제대로 하려면 그것만큼 어려운 것도 없다. 일년이 넘게 이 작업을 위해 사진을 찍으면서 느낀 점이다. 그래도 사람 사는 세상이 아름다운 이유는 사람 사이에는 희망과 사랑이 늘 함께하기 때문임을 느꼈다. 마지막 완행열차에서 만난 할머니들은 배에서 꼬르륵 소리가 난다며 안쓰러운 표정으로 팔기 위해 가져온 오이를 한껏 맛보게 해주셨다. 단물이 흐르는 맛있는 오이를 내가 다 먹는 것 같아 사양을 하면, 먹자고 하는 일인데 배곯은 채 무슨 일을 하느냐며 오히려 달래주셨다. 수영 챔피언 진호와는 길거리에서 떡볶이를 먹으며 마음을 열었고, 야구광 김명석 씨에게서는 한국 야구사의 숨은 비화를 들을 수도 있었다. 경찰특공대를 촬영할 때는 카메라가 고장이 나 한나절을 그냥 보내야 했고, 성파스님이 직접 담근 된장과 고추장은 맛이 기가 막혔다. 한글학교 할머니들은 신성한 시험시간에도 내게 당당히 커닝을 도와달라 하셨고 연평해전 용사 김현 씨를 만났을 때는 군인이 흘리는 눈물에 내 눈물을 보태야 했다. 스파이더맨 복진영 씨를 만나기 위해서는 60층 고층아파트 옥상에서 하루 종일 기다려야 했고, 어리지만 당찬 춤꾼 보배에게서는 강한 카리스마를 느꼈다. 만화가 안기태 화백과는 훗날 아프리카 여행을 약속했고, 꽃피는 학교에 갔을 때는 아이들이 수시로 들이미는 지렁이와 벌레 때문에 곤혹을 치러야 했다. 태어나서 처음으로 부산역 광장 노상에 앉아 짬뽕을 먹었고 구호병원에서는 의료혜택이란 무엇인가에 대해 다시금 생각하게 되었다.

이 모든 것은 사람이 하는 것이다. 그 사람들과 부대끼며 김치찌개에 숟가락을 같이 넣으면서 정이 들었다. 그들은 한결같이 당신보다 나를 먼저 챙겨주셔서 민망하면서도 감사드릴 수밖에 없었다. 나중에는 촬영하는 것보다 같이 어울려 노는 경우도 많았다. 촬영을 마치고 시간이 지난 후에는 안부가 궁금해져 전화를 걸 수밖에 없었고 지키지 못할 약속을 하지는 않았는지 곰곰 생각해보기도 했다. 그런 마음이 커질수록 내가 얼마나 행복한 사람인지 그리고 이렇게 키워주신 부모님께 제대로 하는 게 없어 죄송한 마음이 들었다. 별것도 아닌 일에 자주 화를 내며, 너무 퍽퍽하게 살아가고 있다는 생각이 들었다.

누구나 가슴에 묻어둔 자신만의 드라마가 있다. TV에 나오는 유명인의 성공 스토리는 때로는 픽션처럼 느껴진다. 이 책을 읽는 분들에게 감히 바라는 점이 있다면 자신과 주변 모든 사람들의 소중한 삶을 아끼고 사랑해달라는 것이다. 그러기 위해서는 무엇보다 자신의 삶을 가치 있고 소중하게 여길 수 있어야 한다.

이 책을 쓴 나, 내 삶이라는 것도 고달픔의 연속이다. 그런데 어쩌겠나. 꿈을 꾸고 도전하고 실수해도 스스로를 위로하고 용기를 줄 수밖에. 세상 모두는 살아가야 할 이유가 있고 또 그럴 만한 가치가 충분히 있다. 사랑하는 사람의 삶을 위해 자신의 삶을 과감히 바꾸는 것도 사람이요, 꿈을 위해 끝없이 도전하는 것도 사람인 것을. 돈, 명예 그리고 결과만을 중시하는 현실의 팍팍함 속에서 희망과 사랑, 꿈으로 살아가는 사람이 아직은 더 많음을 알아주길 바란다. 그래서 이 세상이, 그리고 사람이 아름다운 게 아닐까.

2009년 3월
봄이 오는 부산에서
박승근

차례

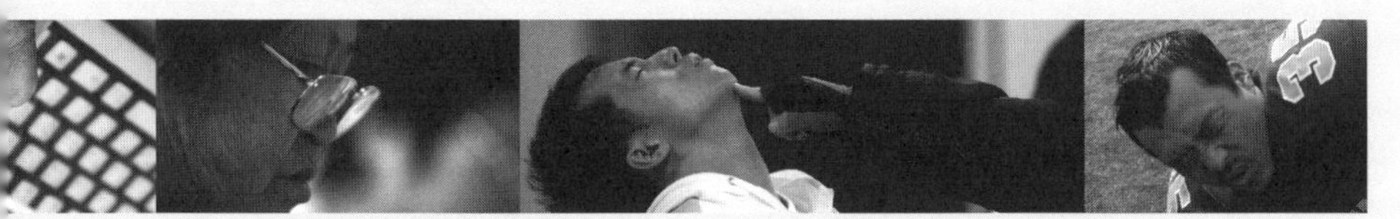

바퀴에서 되찾은 희망

휠체어 댄서 이영호

영호 씨는 타고난 체격에 운동신경도 좋아서 어릴 때부터 역도를 했다.

중학교 선수 시절에 이미 한국 신기록을 갱신할 정도여서

주위에서는 모두 역도 선수로 성공하리라 믿었다.

하지만 인생은 한 치 앞을 알 수 없다고 했던가.

발이 미끄러져 떨어지던 그날의 일만 아니었다면

하반신 마비라는 믿기지 않는 현실은 그의 것이 아니었을 것이다.

눈물은 이제 습관이 되었어요

하지만 그게 날 다 파괴하진 않았죠

악몽도 이제 습관이 되었어요

가닥가닥 온몸의 혈관으로

타들어오는 불면의 밤도

나를 다 무너뜨릴 순 없어요

보세요 난 춤을 춘답니다

타오르는 휠체어에서

어떤 마술도 비법도 없어요

단지 어떤 것도 날 다 파괴하지 못한 것뿐

(······)

보세요 난 노래한답니다

온몸으로 불을 뿜는 휠체어

보세요 난 춤을 춘답니다

온몸으로 타오르는 휠체어

휠체어 댄스

— 한강 산문집 『가만가만 부르는 노래』 중 '휠체어 댄스'에서

사람들이 빙 둘러선 채 누군가를 마냥 신기한 표정으로 바라보고 있다. 휠체어를 타고 멋진 춤을 선보이는 사람들이 대체 누구일까 궁금하기도 하지만, 휠체어를 타고서 열정적으로 춤을 출 수 있다는 게 너무 신기해 그걸 궁금해할 겨를조차 없다. 정열적인 라틴댄스로 사람들의 시선을 사로잡는 이들은 바로 국가대표 휠체어 스포츠댄스 선수 이영호, 이연지 커플이다. 장애인 스포츠댄스 부문 '국가대표'라는 것은 영호 씨와 연지 씨가 나란히 이룬 꿈 같은 결실이다.

불의의 사고로 하반신이 마비된 영호 씨는 휠체어를 탄다. 이제 대학생이 되는 연지 씨는 스포츠댄스계에서 손꼽히는 유망주다. 이 둘이 만들어내는 춤을 보면 누구라도 감탄을 연발하지 않을 수 없다. 천부적인 운동 소질을 타고난 두 사람이 만난 것도 어쩌면 우연 같은 운명이다. 짧은 시간에 이처럼 좋은 호흡을 맞추

기란 서로에 대한 믿음이 없으면 힘들다는 것이 주변의 한결같은 이야기다. 차가운 휠체어에서 뿜어져 나오는 뜨거운 열정. 직접 보지 않고서는 휠체어 댄스가 얼마나 아름다운지 상상조차 할 수 없을 것이다.

영호 씨 이야기

영호 씨는 타고난 체격에 운동신경도 좋아서 어릴 때부터 역도를 했다. 중학교 선수 시절에 이미 한국 신기록을 갱신할 정도여서 주위에서는 모두 역도 선수로 성공하리라 믿었다. 하지만 인생은 한 치 앞을 알 수 없다고 했던가. 영호 씨는 어처구니없는 사고를 당하고 말았다. 발이 미끄러져 떨어지던 그날의 일만 아니었다면 하반신 마비라는 믿어지지 않는 현실은 그의 것이 아니었을 것이다.

"밤늦게 친구들을 만나고 집으로 돌아왔는데 문은 잠겨 있고 열쇠는 어디에 뒀는지 모르겠더라고요. 그때 집이 6층이었는데 그 정도면 베란다로 넘어가도 되겠다 싶었죠. 조심한다고 했는데 아차, 하는 순간 떨어졌어요. 떨어지는 순간부터는 아무런 기억이 없어요. 깨어나보니 병원이었고 온몸이 산산조각 난 기분이 들었죠."

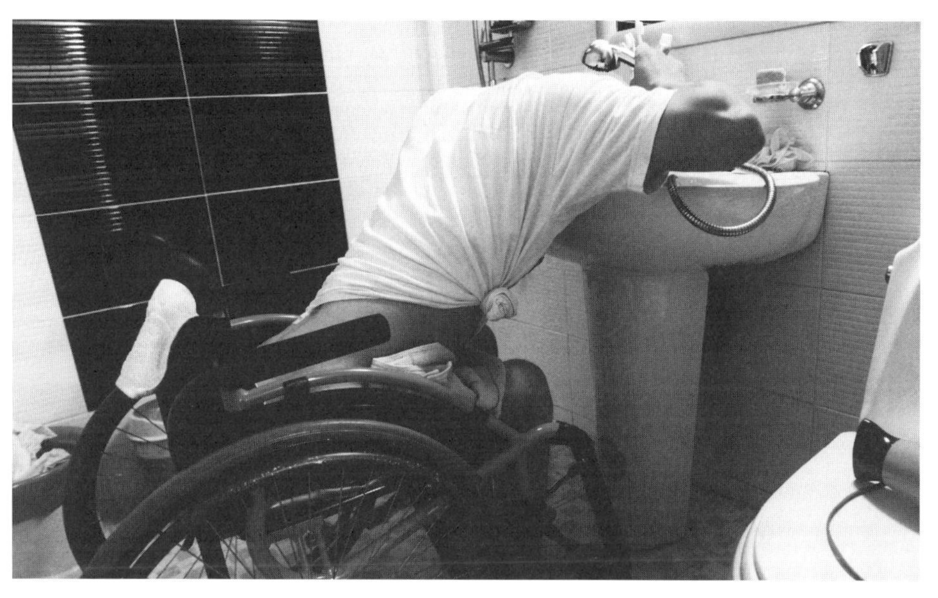

어느 날 TV로 휠체어 댄스를 우연히 봤어요.
보는 순간 나도 할 수 있겠단 생각이 들었어요.
가르쳐주실 만한 분을 수소문 끝에 찾았고,
집에서 차로 두 시간씩 걸리는 거리지만
이거 아니면 죽는다는 심정으로 다녔죠.

병원으로 옮겨진 영호 씨는 수십 시간에 걸친 대 수술을 받았다. 의식이 돌아왔을 때는 절망이란 말밖에 달리 아무런 생각도 나지 않았다. 몸이 아픈 건 둘째치고 마음의 통증을 견딜 수가 없었다. 한창 때인 스무 살 초반에 그런 일이 일어나리라고는 꿈조차 꾼 적이 없었다.

그날 이후로 그의 인생은 돌연 모습을 바꾸었다. 그가 세상을 바라보는 눈도, 세상이 그를 바라보는 눈도 모두 달라졌다. 혼자 걷지 못하는 세상은 너무도 낯설었다. 어떤 말로도 형언할 수 없는 좌절감이 수없이 그를 덮쳐왔다. 아무 상관도 없는 사람들에게 밑도 끝도 없는 원망을 퍼부으며 하루하루를 보냈다. 그렇게 살 수는 없어 자살까지도 생각했지만 부모님께 너무 큰 죄를 짓는 것 같아서 그것만은 포기했다.

누구 못지않게 건강했던 몸. 그 절반이 제 기능을 잃고 아무것도 할 수 없다는 사실은 도무지 믿기지 않았다. 여전히 허리 아래 붙어 있는 다리는 내 것이 분명한데, 발가락 하나도 움직일 수 없다는 사실은 그야말로 악몽이었다. 며칠, 몇 달이면 회복될 줄 알았던 몸은 호전의 기미 없이 그대로 정지해버렸고, 건강했던 몸은 더이상 내 것이 아니란 사실을 인식하자 마음은 속절없이 지쳐만 갔다. 그런 아들을 지켜보는 부모님은 말 그대로 하늘이 무너지는 심정이었다.

공무원으로 재직했던 영호 씨 아버지는 사고 후 막대한 수술비와 병원비를 대기 위해 서둘러 퇴직을 했다. 퇴직금으로 근근이 생활하면서도 아들 걱정에 여념이 없는 아버지는 공사장 막일도 마다하지 않는다.

휠체어 댄스와의 만남

"어느 날 TV로 휠체어 댄스를 우연히 처음 봤어요. 보는 순간 나도 할 수 있겠단 생각이 들었어요. 그 전까지 춤이 그렇게 멋진 건지 몰랐는데 보면 볼수록 빨려들더라고요. 가슴이 정말 두근거렸어요. 가르쳐주실 만한 분을 수소문 끝에 찾았고, 집에서 차로 두 시간씩 걸리는 거리지만 이거 아니면 죽는다는 심정으로 다녔죠."

힘든 시간을 보내던 영호 씨가 재활과정에서 접하게 된 휠체어 댄스는 놀라운 일을 만들어냈다. 처음 본 순간 '바로 이거다' 싶었고 그렇게 휠체어 댄스와의 인연이 시작되었다. 머리보다 몸이 먼저 내려버린 결론이었다. 역도 선수를 지낸 영향인지 그의 의욕은 상당했다. 척추와 허리 부근에 박힌 수십 개의 철심으로 버티며 힘을 내기 시작했고, 하루 종일 쉬지도 않고 해대는 연습에 남들보다 빨리 춤이 늘었다. 춤이라고는 몰랐던 사람이 춤을 위해 살게 된 것이다. 춤을 만나지 않았다면 지금의 그가 어떤 모습일지 상상하기 힘들 정도다.

하지만 현실은 몸이 불편한 사람에게는 너무나 냉혹했다. 휠체어를 탄다는 것, 게다가 휠체어를 타고 춤을 춘다는 것은 모든 불

편을 감수한다 하더라도 어쩔 수 없이 힘든 점이 많을 수밖에 없
다. 일단 휠체어를 탄다는 것 자체가 우리나라에서는 움직이지 말
라는 것이나 진배없고, 하반신 마비 탓에 생리 현상도 마음대로
조절할 수 없어 한 번 나갈 때마다 준비 시간도 만만치가 않다. 게
다가 아직은 장애인 댄스가 활성화되어 있지 않고, 파트너인 연지
씨도 다른 지방에 살고 있어 먼 길을 오가며 연습을 해야 한다.

춤을 추고 연습을 할 때야 아픈 줄도 모르고 신명이 나서 에너
지가 넘치지만, 연습을 끝내고 집으로 돌아오면 녹초가 되어 쓰러
지거나 심할 때는 응급실에 가야 할 정도로 힘든 날도 여러 번 있
었다. 하지만 그도, 그의 부모님도 포기라는 말을 입 밖에 내지 않
았다. 아무리 힘들어도 아침이면 일어나 직접 운전을 해서 연습장
으로 향했다. 아버지는 그런 아들의 모습을 보는 게 더없이 기쁘
기만 했다. 장애를 인정하고 그 안에서 자신의 모습을 찾는 아들
의 성숙한 모습이 대견스러웠던 것이다. 주변 사람들에게는 죽더
라도 휠체어 위에서 춤추다 죽겠다고 으름장을 놓은 터라 이제는
물러설 수도 없는 일이 되었다.

사고 이후의 삶은 늘 바퀴로 채워졌다. 바퀴가 없으면 아무 데
도 갈 수 없고 춤도 출 수 없다. 바퀴 위의 인생은 춤을 만난 후로
또 다른 자유를 찾았다. 휠체어 댄스를 통해 행복한 일상이 다시
금 돌아오기 시작한 것이다.

'휠체어 댄서 이영호'를 완성시켜준 고마운 파트너 연지 씨. 그녀의 발은 온통 부르트고 갈라져 상처가 가득하다. 곧 대학 진학을 앞두고 있는 고등학생이지만 댄스 실력은 이미 세계 최고 수준으로, 둘째가라면 서운할 만큼 뛰어나다. 연지 씨는 장애인 댄서가 아닌 비장애인과 파트너가 될 수도 있었다. 그런데 영호 씨와 우연히 만난 자리에서 갑작스러운 파트너 제의를 흔쾌히 수락하고 장애인 댄스로 진로를 정했다. 아직 어리게만 보였던 연지 씨의 결정에 사람들은 놀라는 눈치였다. 정작 본인은 아무렇지도 않았는데 말이다. 영호 씨는 이런 연지 씨가 댄서로 성장하는 데 자신이 걸림돌이 되고 싶지는 않다. 어떤 식으로든 도움이 되고 싶지 절대 방해가 되어서는 안 된다고 매일 다짐을 한다.

연지 씨 생각에는 파트너가 휠체어를 탄다고 해서 춤이 달라지는 건 아니다. 어떤 파트너와 춤을 추든지 즐거운 건 모두 마찬가지다. 그녀에게 휠체어 댄스는 새로운 도전이자 모험이었지만, 이제와 생각해봐도 영호 씨를 만나게 된 건 오히려 행운이다. 앞으로 10년, 20년 후에는 장애인 댄스 전문가란 소리를 듣는 게 연지 씨의 꿈이다.

처음 두 사람이 연습을 시작했을 때 연지 씨는 세상에 계단이 그렇게 많다는 걸 새삼 깨달았다. 작은 계단도 혼자 넘을 수 없는 영호 씨 때문에 고생이 많았던 것도 사실이다. 영호 씨의 커다란

영호 씨는 주변 모든 것들이 그저 고맙기만 하다.
이제는 자신을 위한 춤이 아니라
자기가 추는 춤을 보고 희망을 얻는 사람들,
파트너 연지 씨, 부모님을 위해서 뼈가 조각나더라도 춤을 추고 싶다.
그게 자신이 해야 할 일이라고 생각한다.

덩치에 휠체어 무게까지 더해지니 처음에는 꿈쩍도 하지 않았다. 차츰 익숙해지다 보니 이제는 혼자서도 거뜬히 휠체어 탄 영호 씨를 끌어올릴 수 있게 됐지만 말이다.

희망의 춤을 추다

영호 씨는 주변 모든 것들이 그저 고맙기만 하다. 이제는 자신을 위한 춤이 아니라 자기가 추는 춤을 보고 희망을 얻는 사람들, 파트너 연지 씨, 부모님을 위해서 뼈가 조각나더라도 춤을 추고 싶다. 그게 자신이 해야 할 일이라고 생각한다. 병원에서 더이상 찾을 수 없다고 단정했던 몸의 감각을 되돌려준 춤은 너무나 놀라운 것이다.

휠체어 댄서 영호 씨가 되찾은 희망은 단순한 육체의 회복에 머무는 것이 아니라 불가능에서 건져 올린 인고의 성과물이다. 마음이 원하지만 몸이 따라오지 않을 수도 있었고, 몸이 원해도 마음이 그 의욕을 읽지 못했을 수도 있다. 그의 희망은 하루아침에 잃어버린 육체의 반쪽을 잊지 않았기에 꽃피울 수 있었다. 연지라는 아름다운 파트너와 함께 조화를 이루며, 실의에 빠진 또 다른 사람들에게 희망을 주는 휠체어 댄스는 무엇과도 바꿀 수 없는 큰 기쁨이다.

초고층 빌딩 청소부

산악인 복진영

초고층빌딩을 청소하는 일이 평범해 보이지 않아선지,

사람들이 이것저것 많이들 물어요.

하루 종일 매달려 있으면 지루하지 않냐고도 물으시고요.

오늘 일이 언제 끝나나 생각하면 지루해서 못 하겠지만,

새로운 암벽 코스를 탄다 생각하면 전혀 지루할 틈이 없어요.

빌딩이나 아파트가 모두 제각각이니 따지고 보면 새로운 코스가 맞지요.

낡고 허름한 작업복에 짙은 선글라스. 하루 종일 '줄'에 매달려 있는 그를 사람들은 '로프맨' 혹은 '도시의 스파이더맨'이라고 부른다. 초고층빌딩 청소부 복진영 씨. 그는 에베레스트를 정복했고 틈만 나면 산으로 달려가는 전문 산악인이다. 자는 시간말고는 평생을 산에서 살고 있다는 그는 도시의 빌딩은 또 다른 산이라고 말한다.

도시에 사는 스파이더맨의 일상은 온통 산이다. 평일에는 도시의 산을 타고 주말이면 진짜 산에 오른다. 잠 잘 때도 꿈에서 산을 타고 쉴 때는 상상으로 산을 탄다. 사람들은 산이 왜 좋은지 자꾸만 묻지만, 산을 좋아함에 특별한 이유가 있는 게 아니다보니 질문을 받을 때면 딱히 대답할 말이 없다. 아마도 산과 마주하는 동

YOUNGONE

안 느끼는 무한한 자유를 사랑하는 것이리라. 복진영 씨는 산에 가서 산을 타는 동안만큼은, 세상이 그렇게 자유롭고 편안할 수가 없다고 말한다. 사람의 가슴도 빌릴 수가 있다면 잠시라도 그가 가슴으로 느끼는 '산의 자유'를 경험해보고 싶다.

산이 없으면 살 수 없는 사람

복진영 씨에게는 발가락이 없다. 동상으로 열 개 모두를 잃었다. 좀처럼 말이 없어서일까, 그를 안다는 사람들도 그 사실만큼은 잘 알지 못한다. 1990년 한일 에베레스트 원정대였던 그는 에베레스트산을 정복했다. 하지만 등반 당시 정상에서 예상보다 체류시간이 길어졌고 하산도 순탄치 않아 발가락에 동상을 입고 말았다. 시간이 흘러 1년쯤 지났을 때 그의 발가락 열 개는 거짓말처럼 사라져버렸다. 에베레스트 정복의 기쁨과 발가락 열 개를 바꾼 셈이다. 사라진 건 발가락뿐이 아니었다. 산악인으로서의 생명도 함께 끝이 났고, 예전과 같은 정상적인 생활도 더이상은 불가능해 보였다. 동상보다 더 혹독한 건 냉엄한 현실이었다.

산 때문에 발가락을 잃고 걸을 수 없을 때조차도 눈앞에 떡하니 버티고 있는 산을 보면 오르지 않고 배겨낼 재간이 없었다. 그의 몸 상태로 산을 오른다는 건 상상 이상의 노력을 요하는 일이었지만, 그는 지구에서 가장 높은 산을 정복했던 사내가 아니던가.

시간이 흐르면서 다시금 걷는 것에 익숙해져 갔다. 불가능할 것 같던 재활도 비교적 성공적이었다. 몸이 회복되자 먹고 사는 일도 다시 챙겨야 했다. 먹고 살아야 산에도 갈 수 있기에 생계를 챙기는 것도 중요했지만 그렇다고 밥벌이 때문에 산과 떨어져 살아야 한다는 것도 쉽게 받아들이기 힘들었다. 그 고민의 답을 찾지 못하고 있을 때, 길을 가다 우연히 빌딩 외벽을 타는 사람들을 보았다. 외줄 청소부를 본 복진영 씨는 '저게 바로 내가 할 일이다, 내가 해야만 하는 일이다'라는 생각이 들었다고 한다.

가진 것이라고는 산을 타는 기술뿐인데, 산악 장비와 암벽 등반 기술을 이용하면 그 누구보다 잘 해낼 것 같다는 확신이 들었다. 기존의 외벽 청소부들이 기술적인 해결책을 찾지 못해 엄두조차 못 내고 있던 고난이도의 초고층빌딩도 복진영 씨에겐 문제가 되지 않았다.

이렇게 해서 도시의 산을 누비고 다니는 '로프맨'이 탄생하게 되었다. 그는 산에 반쯤 미쳐서 자신과 비슷한 고민을 하고 있던 산악인들과 초고층빌딩 청소를 전문으로 하는 회사를 만들었다. 다른 업체들이 할 수 없는 빌딩 청소를 하나씩 성공시키자 얼마 안 가 그 분야의 유명업체로 자리잡게 되었다.

매달리는 삶

"이 일이 평범해 보이지 않아선지, 사람들이 이것저것 많이들

물어요. 하루 종일 매달려 있으면 지루하지 않냐고도 물으시고요. 오늘 일이 언제 끝나나 생각하면 지루해서 못 하겠지만, 새로운 암벽 코스를 탄다 생각하면 전혀 지루할 틈이 없어요. 빌딩이나 아파트가 모두 제각각이니 따지고 보면 새로운 코스가 맞지요. 허허."

매달리는 일은 생각만큼 쉽지 않다. 겨울이 더 힘들 것 같아도 실은 여름이 더 힘들다. 어디 한 곳 피할 데도 없이 햇볕을 받다 보면 덥다는 말로는 설명이 부족하다. 게다가 밑에서 뜨거운 지열까지 올라와, 속수무책 방법이 없다. 겨울에는 일하다 추우면 보일러 연통이라도 잠시 잡아 손을 녹일 수 있고, 빌딩 그늘을 조금만 벗어나면 금세 따뜻해지곤 한다. 기온보다 더 영향을 주는 건 바람이다. 바람이 불면 마땅히 몸을 피할 곳도 없어 추락의 위험이 커진다. 그런데 바람보다도 더 무서운 건 호기심 많은 아이들의 장난질이다. 길 가다 줄을 보면 타잔 줄 타듯 놀이를 하는데 녀석들은 재미있어 야단이지만, 위에서는 아찔한 순간을 맞이하게 된다. 그런 일이 종종 있다.

일을 맡게 되면 복진영 씨의 관심은 가장 먼저 건물의 맨 꼭대기에 집중된다. 우선 안전을 확보할 만한 구조물이 있는지 살펴야 하기 때문이다. 줄에 매달린 사람의 무게를 제대로 지탱해줄 구조물이 없다고 청소를 안 할 수는 없는 일이다.

청소를 시작할 때면, 폭이 몇 센티미터에 불과한 줄 한 가닥을 허리에 묶고 별일도 아닌 양 울타리 넘듯 옥상에서 공중으로 몸을 넘겨야 한다. 그 아찔한 순간에 그는 무슨 생각을 할까. 건물 외벽을 자동으로 청소하는 법이 등장하기 전까지는 아무리 높은 빌딩이라도 누군가는 청소를 해야 한다. 우리가 모르는 사이 누군가는 그 일을 하고 있을 것이다.

온종일 줄과 그리고 자기 자신과 씨름해야 하는 일이지만 복진영 씨는 땅에서 발을 딛고 하는 어떤 일보다 그게 제일 잘할 수 있는 일이란 생각이 든다. 그런 그에게 필요한 엘리베이터 버튼은 단 하나, 맨 꼭대기 층이다. 엘리베이터는 올라갈 때만 이용하고 타고 내려올 일은 거의 없다. 1층과 꼭대기 사이의 수많은 버튼은 관심 밖일 수밖에 없다. 눌러볼 일이 여간해서는 없기 때문이다. 복진영 씨는 가장 높은 층에 오르기 위해 언제나 맨 마지막에 내려야 하는 사람이다.

이른 아침부터 시작한 청소는 하루 종일 외줄에 몸을 맡긴 채 진행된다. 해질녘까지 줄을 타는 동안 청소말고는 할 수 있는 게 아무것도 없다. 해가 떠 있는 동안은 거의 줄을 타기 때문에 땅을 밟는 거라고는 엘리베이터까지 걷는 것, 청소 용수 받으러 가는 것, 담배 한 대 피우러 가는 게 고작이다. 보통의 아파트는 반나절이면 한쪽 면 정도를 청소한다. 매일같이 초고층의 높이에 혼자 매달려 묵묵히 시간을 보내는 탓인지 복진영 씨는 유난히 말수가 적다. 웬만해서는 서두르는 법도 없다.

사람들은 높이 매달려 있으면 무섭지 않냐고 묻지만, 요리사가 칼을 겁내지 않듯 초고층빌딩을 청소하는 그에게 높이에 대한 공

일을 맡게 되면 복진영 씨의 관심은 가장 먼저 건물의 맨 꼭대기에 집중된다.
줄에 매달린 사람의 무게를 제대로 지탱해줄 구조물이 없다고
청소를 안 할 수는 없는 일이다.

포심 같은 건 없다. 일 자체가 워낙 위험하긴 하지만 산 타고 암벽 타던 실력도 한몫 하는 데다가 그동안 터득한 노하우도 더해져 사람들이 생각하는 것보다는 안전하다. 같이 일하는 동료들도 있고, 서로 안전에 대해 꼼꼼히 챙겨주니 불안이나 공포 대신 오히려 편안함을 느낀다.

줄에 매달린 자의 행복

자꾸만 오르려는 본능을 따라 힘들게 올라도 산은 정상의 자리를 오랫동안 허락하지 않는다. 곧 다시 내려와야 한다. 결국 산을 오르는 것의 매력은 그 길을 다시 내려와야 함에 있지 않나 싶다. 산은 하나인데 정상에 오를 때마다 기분도 다르고 눈에 드는 것도 매번 다르다. 같이 일하는 동료들도 산에 대해서라면 전문가들이다. 다들 산에 빠져 있는 사람들인데, 요새는 산 대신 빌딩을 오르내리고 있다. 마음대로 실컷 산에 가려고 멀쩡한 직장 그만두고 이 일에 합류한 친구도 있다. 모두들 고된 일을 하면서도 다시 산에 오를 생각을 하며 견딘다. 고층 건물이 많아져 여기저기서 이들을 찾는 곳이 많아도 마냥 좋지만은 않은 건 산에 갈 수 있는 시간이 그만큼 줄어들기 때문이다.

깨끗한 와이셔츠에 넥타이를 매고서 멋진 사무실에서 일하는 것도 좋겠지만 복진영 씨는 줄에 매달린 자유에 만족한다. 남부러울 것이 없다. 꽉 막힌 실내에서는 맛볼 수 없는 신선한 공기의 맛이 얼마나 좋은지 모른다. 그것을 자신이 전부 차지하고 있는 것 같아 배가 부르고 무엇보다 가슴이 뿌듯하다.

복진영 씨는 아무런 잔가지 하나 없이 처음과 끝으로만 이루어진 줄을 보며 삶에 대해 생각하곤 한다. 삶의 길은 한 줄로만 늘어서 있는 것 같지만 어떻게 매듭을 묶느냐에 따라 줄의 용도가 달라지듯 삶의 모습도 그러하다. 자신이 매듭지은 모양의 굴곡을 따라 흘러가는 게 인생인 것이다. 제대로 된 매듭을 튼튼히 지어 후회 없는 삶을 살기 위해 복진영 씨는 오늘도 최선을 다할 뿐이다.

미식
축구는
내 인생

러닝백 최영나

못하는 것과 안 하는 것은 전혀 다르다고 생각합니다.

뭔가를 하는데 나이가 정해진 것도 아니잖아요.

하고 싶은 걸 못하고 산다…… 물론 여건이 안 돼서 못할 수도 있겠죠.

그런데 시간이 한참 지나서도 포기했던 게 후회되면 그땐 어떻게 합니까.

실패가 두렵지는 않아요. 해보지도 않고 왜 실패를 먼저 걱정해야 하나요?

검게 그을린 피부, 짧게 자른 머리, 탄탄한 몸매와 다부진 눈빛. 흡사 격투기 선수 같은 강렬한 눈빛을 가진 사람. '미식축구 선수 최영나'의 인상이다. 운동선수인 동시에 한국에서 가장 팔뚝 굵은 '미용사'이기도 한 그의 나이는 마흔. 거친 운동의 세계에서 은퇴를 하고도 남았어야 할 나이지만 그는 아직도 팔팔한 현역이다.

달린다, 고통을 모르는 야생마처럼

우리에게 미식축구는 아직 생소한 운동이 분명하다. 그냥 뛰기만 하면 되는 단순한 운동처럼 보이기도 하고, 한편으로는 대책 없이 거친 경기인 듯도 하다. 룰을 잘 모르면 그럴 수 있다. 하지

만 알고 보면 의외로 정교한 스포츠다. 산만 한 상대 수비수들이 앞에 떡하니 버티고 선 사이로 공격을 해내기란 쉬운 일이 아니라서, 훌륭한 선수들도 늘 체력에 한계를 느낀다. 한참 정신없이 달리다보면 심장박동은 제멋대로인 데다 당장이라도 숨이 멎을 것 같은 순간이 수시로 찾아온다. 그래서 작전이 필요한 것이고, 순간순간 구사하는 작전만 수십, 수백 개에 달한다. 알고 보면 장기나 바둑 같은 매력이 있다.

최영나 씨는 대학에 들어가서야 미식축구를 알게 되었다. 한 무리의 사내들이 공 하나를 놓고 격렬하게 전투하듯 뛰어다니는 경기를 학교 운동장 멀찍이서 한참을 구경했다. 어디로 튈지 모르는 공을 두고 미친 듯이 뛰어다니는 선수들의 모습은 그를 매료시켰다. 혹시나 하는 마음에 입단이 가능한지 물었던 것을 계기로 미식축구를 시작한 게 벌써 20년이나 되었다. 미식축구를 하기 전에는 작고 허약한 편이었는데, 거의 매일 운동을 하다보니 자연히 체력이 늘고 약했던 몸도 건강해졌다.

무척이나 고된 운동이었지만 하면 할수록 미식축구에 대한 애정이 자라났다. 숨 쉬는 게 벅찰 만큼 온몸의 힘을 남김없이 쓰고도 어디서 힘이 나는지 공만 오면 다시 뛰었다. 체격 좋은 이들만 하는 줄 알았던 미식축구에 막상 도전해보니 각 포지션마다 적합한 체격 조건이 따로 있었다. 작은 체구에 빠른 발을 특기로 상대 수비진을 뚫고 돌파하는 러닝백(running back)은 그에게 딱 맞는 역할이었다.

마흔 살의 나이에도 여전히 패스를 받아 죽을힘을 다해 달리고 있는 그는 상대 진영 끝까지 멈추지 않고 달릴 때면 그렇게 행복할 수가 없다. 하지만 그 행복과는 별개로 미식축구는 밟히고 깔리고 넘어지고 부딪히는 게 다반사다. 수백 킬로그램의 충격으로 다가오는 상대 수비수의 태클을 받아내다보면, 모든 뼈와 살 심지어 세포 하나하나에까지 전달되는 충격은 쉽게 사라지지 않고 온몸을 울린다. 그런데도 어깨와 허리는 그라운드에 들어서는 순간 20년 전으로 거슬러 오른다. 어떤 때는 자신의 몸이 아닌 것 같은 착각이 들기도 한다.

팔뚝 굵은 미용사와 그의 아내

최영나 씨의 본업은 미용사이다. 그것도 팔뚝이 무지 굵은 미용사다. 공대 출신인 그는 전공을 묵혀두고 미용사로 살아간다. 더없이 묵직하면서도 기운찬 목소리는 미용사로 일하는 그의 모습을 상상하는 걸 한층 더 방해한다. 직접 보기 전까지는 도무지 믿기지가 않는다.

"미용 일은 특별한 계기가 있었던 건 아닌데, 그냥 좋더라고요. 무작정 하고 싶었죠. 이 분야라면 내 열정이 통하겠다는 생각이 들었어요. 안 하면 후회할 것 같고. 해야겠다는 결정을 내리고서는 바로 실행에 옮겼죠. 본고장에 가서 제대로 배우고 싶어 런던으로 떠났습니다."

미용 일은 특별한 계기가 있었던 건 아닌데, 그냥 좋더라고요.
무작정 하고 싶었죠.
이 분야에서라면 내 열정이 통하겠다는 생각이 들었어요.

그의 몸이 런던에 가 있던 때는 아내가 출산을 불과 한 달 정도 남겨두고 있을 때였다. 그때 떠나지 않으면 영영 후회하게 될 것 같아 내린 결정이었지만, 혼자서 애를 낳고 키워야 했던 아내에게는 늘 미안한 마음이다. 런던 행을 막지 않고 선뜻 길을 내주었던 참으로 고마운 아내다.

아내는 대학 시절 그의 소속팀 매니저였다. 전국 방방곡곡으로 전지훈련을 떠났을 때도 아내는 늘 함께였다. 부부가 된 지금도 그때의 인연으로 미식축구에 빠진 그의 매니저가 되어준다. 매니저 생활만 20년. 도사급 매니저가 아닐 수 없다. 경기장에 따라가지 않고 집에 들어서는 남편 표정만으로 경기 결과를 읽어내는 경지에 올랐다. 게다가 별것 아닌 잔잔한 부상도 아내는 세심히 돌본다. 미식축구의 시작이 최영나 씨 인생의 진정한 첫 출발이었기에, 맨 처음부터 곁에서 보살펴준 아내는 사랑할 수밖에 없는 존재다. 지금껏 운동을 하는 데 가장 큰 힘이 되어준 것도 바로 아내다. 아들 녀석까지 미식축구를 하겠다고 선언한 터라 아내는 앞으로도 20년은 더 매니저 노릇을 해야 할 것 같다.

그리펀즈 그리고 '김치볼'의 탄생

'그리펀즈(GRIFFONS)'는 아는 사람은 다 아는 유명한 미식축구 사회인팀이다. 미식축구의 불모지인 우리나라에서 몇 안 되는 팀이 순전히 열정만으로 버티고 있는데, 그 중 최강팀으로 군림하고 있다. 새로 창단되는 팀의 모토가 '그리펀즈만 이기자'인 것만 봐도 그리펀즈가 떨치고 있는 위상을 짐작할 수 있다. 최영나씨는 바로 이 그리펀즈의 러닝백이다.

재미있는 것은 팀의 선수 구성이다. 선수들의 평균연령은 30세를 훌쩍 넘고 직업을 살펴보면 미용사, 경찰, 소방관, 건설 현장 기술자, 운동 코치 등 각양각색이다. 스포츠에서 가장 중요한 게 바로 팀웍이다. 이렇게 다양한 선수들의 직업 구성으로 호흡이나 맞출 수 있을지 의문이다. 사실 연습시간에 팀 전원이 모이는 것은 역시나 불가능하고 왕년의 실력으로 그나마 이 정도의 명맥을 유지하고 있는 셈이다. 그래도 마냥 제각각인 듯 보이는 그리펀즈의 선수들에게 한 가지 공통분모는 있다. 그것은 바로 모두들 미식축구에 푹 빠져 있다는 것이다.

일요일이면 그리펀즈 선수들은 운동장으로 모인다. 사회인팀의 가장 큰 약점은 규칙적으로 정해진 시간에 모여 운동하기가 힘들다는 것이다. 일주일에 한 번 하는 운동으로 최강의 전력을 유지하는 걸 보면 신기하기도 하다. 하긴 그리펀즈 선수 대부분은 대학 시절 펄펄 날던 선수들이었고 지금은 기본 실력에 노련미가 더해졌다. 현재 대학에서 뛰고 있는 선수들과 체력은 차이가 날 수밖에 없지만, 계속해서 전력이 유지되는 것은 그동안 쌓아온 경험이 있기 때문이다. 운동을 하다보면 몸이 저절로 기억하게 되는 작전들도 있다. 젊은 선수들에겐 당황스러운 돌발 상황을 그리펀즈 선수들은 수천 번도 더 겪었다. 이제는 낯섦보다 익숙한 것이

더 많은 그리펀즈의 선수들이다.

최근 몇 년 새 그리펀즈를 닮은 팀들이 많이 창단되었다. 그동안 한국 최고의 자리를 내놓지 않은 실력 때문이기도 하지만, 무엇보다 그리펀즈가 내뿜는 강한 열정이 다른 팀 창단에 자극제가 된 것이다. 그 팀들이 하나둘 모여 '김치볼'(전국 36개 대학팀으로 구성된 대학리그 챔피언전인 타이거볼의 승자와 전국 21개의 사회인 팀의 챔피언전인 서울슈퍼볼의 승자가 맞붙는 최종 결승전으로 명실공히 대한민국 미식축구의 최고대회로 자리하고 있다)을 탄생시켰다. 매년 한 팀씩 참가팀이 늘어나는 것도 선수들에게는 무척 고무적인 현상이다. 케이블 TV에서 중계를 약속하고 경기마다 관중이 조금씩 늘어나는 것도 전에 없던 기쁜 일이다.

동료는 나의 힘

괜찮은가 싶었는데 요즘에는 부상이 좀 오래 가는 것 같다. 별것 아닌 일도 쉽게 부상으로 이어진다. 마음은 아닌데, 몸은 세월을 담아내는 것 같다. 성할 날 없는 몸은 늘 파스냄새를 풍기고 다닌다. 작정하고 제대로 몸을 만들었는데 몇 발자국 뛰지도 못하고 경기를 지켜만 보는 일이 잦아졌다.

선수에게는 유니폼을 입고 경기장에서 뛸 때가, 내일이면 다음 경기가 기다리고 있을 때가, 최고의 순간들이다. 그런 순간을 함께했던 건 바로 친구들이다. 20년을 함께한 친구들. 최영나 씨는 이제는 우정이 뭔지 조금은 알 것 같다. 20년 전 처음으로 미식축구 유니폼을 입고 함께 땀 흘리던 친구가 지금도 옆에서 같이 땀을 흘리고 있다. 밤을 꼬박 새우며 같이 술잔을 기울이거나 주머니가 텅 비었을 때 따뜻한 밥 한 그릇을 나눠 먹으면서도 우정은 쌓이지만 몸을 부대껴가며 땀으로 맺어진 우정은 그리 만만치가 않다. 눈빛만으로도 작전을 나누고, 진정한 마음을 나누는 소중한 존재들이다.

이제는 굳이 말을 안 해도 서로의 사정을 잘 안다. 일주일 내내 이런저런 피곤에 지쳐 있고, 가끔은 먹고 사는 문제로 어쩔 수 없는 상황에 맞닥뜨린다는 것을. 일요일이면 그동안 소홀했던 아빠 노릇 남편 노릇에 지친 몸 누일 시간조차 없다는 것도 누구보다 잘 안다. 그 고단함을 모두 끌어안고 연습 시간에 맞춰 헐레벌떡 뛰어와 미안한 낯으로 다시 팀에 합류한다. 그의 몸 상태를 더 잘 아는 친구가 있고, 그의 열정을 계속 불타게 하는 친구가 곁에 있어서 헬멧을 벗을 수 없는지도 모른다. 최소한 친구보다 먼저 힘들다는 말은 하지 않을 것이다.

아들은 또 한 명의 동료가 될 것이다. 한참이나 컸던 헬멧이 어느덧 중학생인 아들한테 제법 잘 맞는다. 언제 이렇게 컸나 싶다. 아이들을 보고 있으면 시간이 얼마나 빨리 지나는지 새삼 느끼게 된다. 훌쩍 커버린 아들 녀석은 운동신경이 제법 뛰어나다. 어려서부터 미식축구를 접한 때문인지 또래 녀석들 하고는 감각이 다르다.

그리펀즈 선수들의 평균연령은 30세를 훌쩍 넘고
직업을 살펴보면 미용사, 경찰, 소방관, 건설 현장 기술자, 운동 코치 등 각양각색이다.
마냥 제각각인 듯 보이는 그들에게도 한 가지 공통분모는 있다.
그것은 바로 모두들 미식축구에 푹 빠져 있다는 것이다.

아들은 아빠와 같은 대학교에 입학해, 아빠가 뛰었던 팀의 선수가 되고 싶어한다. 학교를 졸업한 뒤에는 그리펀즈의 선수가 되어 아빠와 함께 경기장에 나서는 날을 꿈꾼다. 아빠는 그런 꿈을 꾸는 아들 때문에 어떻게든 10년은 더 버텨야겠다는 생각을 한다. 지금 컨디션만 유지할 수 있다면 가능할 것 같다는 생각에, 각오를 새롭게 다져본다. 같은 유니폼을 입고 자신의 패스를 받아 달리는 아들을 상상하는 것만으로도 그는 한없이 행복하다.

"못하는 것과 안 하는 것은 전혀 다르다고 생각합니다. 뭔가를 하는 데 나이가 정해진 것도 아니잖아요. 하고 싶은 걸 못하고 산다…… 물론 여건이 안 돼서 못할 수도 있겠죠. 그런데 시간이 한참 지나서도 포기했던 게 후회되면 그땐 어떻게 합니까. 실패가 두렵지는 않아요. 해보지도 않고 왜 실패를 먼저 걱정해야 하나요?"

러닝백으로 경기장에 들어서는 순간부터는 오직 한 가지 문제만이 존재한다. 공을 들고 상대 수비수를 넘어 터치라인으로 달리는 것. 선수 각자의 조건과 역할은 다르지만 목표는 오직 터치다운을 만들어내는 것이다. 정해진 목표를 향해 돌진해야만 하는 것. 미식축구와 삶은 그 점이 서로 닮아 있는 듯하다. 최영나 씨는 유니폼을 입고 달릴 때마다 삶에 대한 귀한 수업을 듣고 있다는 생각이 든다.

　언제까지 운동을 해야겠다고 정해놓은 건 없다. 몸이 더이상 따라주지 못하면 자연스럽게 그만둘 것이다. 주변에서는 나이를 걱정하는 목소리가 높지만 정작 본인은 아직까지 나이가 컨디션에 큰 영향을 준다고는 생각하지 않는다. 20년 전에 비하면 체력적으로 차이가 있는 건 당연하지만, 경기장에서 제 역할을 다할 자신은 아직도 충분하다.

　그저 그렇게 살기는 싫다. 단 하나라도 제대로 하면서 살고 싶다. 헬멧 속 머리가 터질 만큼 숨이 가빠도, 그게 좋다. 아무리 강한 태클이 들어와도 다시 일어설 수 있다. 20년 전, 정체를 알 수 없던 미지의 운동에 온몸이 전율하던 그 기분이 아직도 생생하다.

야구를 상상하는 사람

시각장애인 야구광 김명석

다이아몬드처럼 생긴 야구 그라운드.
대부분의 사람들에게는 눈을 감고도 선명하게 그려지는 그 풍경이
누군가에게는 닿을 수 없는 황홀경의 열망을 낳기도 한다는 사실은
곤혹스러울 만큼 안타깝다.

시각장애인에게 라디오는 세상을 담아내는 친구 같은 존재다. 세상을 알기 전부터 앞을 볼 수 없었던 김명석 씨에게도 라디오는 분신과도 같았다. 학창 시절 라디오를 통해 흘러나오는 야구 중계를 접한 뒤로 그는 말 그대로 야구에 미쳐버렸다. 단 한 번도 두 눈으로 직접 보지 못했지만, 그의 인생은 야구와 더불어 존재했다.

그는 한국 프로야구 역사상 최초로 시각장애인의 몸으로 시구를 하는 꿈을 이루기도 했다. 김명석 씨에게 야구는 단순한 '매력' 그 이상의 의미이다. '야구는 인생'이라고 말하는 그는 못 말리는 야구광이자 시각장애인을 위한 야구해설가다.

김명석 씨는 한 신용협동조합에서 전무로 일한다. 그 자리에 오르기까지 매순간은 치열함의 연속이었다. 그렇다고 특혜를 받고 입사한 것도 아니었다. 남들과 똑같이 신입사원 시절을 거쳤고 실력을 인정받아 점차 승진한 것이 오늘에 이르게 했다.

그가 맡고 있는 업무도 다른 동료들과 다르지 않다. 하지만 그 방법만은 좀 특별하다. 모든 정보는 음성 안내와 점자기를 이용해 처리하고 고객의 사소한 정보까지 낱낱이 기록해둔다. 그가 시각장애인이면서도 일반인 못지않게 누구보다 정확한 금융과 관련한 고객들의 정보를 꿰고 있는 데에는 이렇게 비결 아닌 비결이 있었다.

그는 자신처럼 장애를 갖고 살아가는 고객을 위해 출장을 다니기도 한다. 그들의 일에 각별히 신경을 쓰는 것은 시각장애인들이 경제활동을 하는 데에는 많은 제약이 따르기 때문이다. 신용등급에서도 불리하고 금융거래 자체의 불편함도 상당하다. 인터넷뱅킹, 모바일뱅킹 등 거래 방법은 나날이 발전해도 거래 막바지에 이르러 보안카드를 읽어주는 도움이 없으면 결국 이용을 포기해야 한다. 대부분의 편의시설이나 제도가 장애가 없는 사람들을 위해 만들어진 탓이다.

김명석 씨는 이런 불편을 겪고 있는 많은 장애인들을 고객으로 관리하고 있다. 같은 장애를 갖은 사람이라 그들을 더 잘 이해할

시각장애를 가진 그들이 서로 대화하는 모습은
우리에게 익숙지 않은, 분명 다른 풍경이다.
마주보고 앉지도 눈을 마주치지도 않는다.
상대를 바라볼 수는 없지만
어쩌면 그들의 대화는 세상 어떤 형태의 것보다
더 깊고 친밀한 것인지도 모른다.

뿐만 아니라, 종자돈을 불리는 투자 방법부터 아이들 학원비 문제에 이르기까지 고객의 거의 모든 생활과 대소사를 꼼꼼히 챙겨준다. 그의 이 같은 세심한 배려가 그들에게 얼마나 큰 힘이 되는지는 말할 필요가 없다. 김명석 씨는 그 사실을 누구보다 잘 알기 때문에 거리가 아무리 멀어도 출장을 마다하지 않는다.

"방문해 달라는 고객의 요청을 받으면 약속시간 맞춰서 부하직원과 함께 출장을 갑니다. 부하직원 혼자서도 다 할 수 있는 일이지만, 되도록 제가 동행하는 편이죠. 고객의 입출금 처리를 해주는 것도 중요하지만 제대로 된 금융상담 한번 못 받아보신 분들이 많거든요. 장애인들도 이런 서비스를 통해 보통 사람들과 똑같은 경제활동을 할 수 있게 도와드린다는 사실이 훨씬 중요합니다."

시각장애를 가진 고객의 요청으로 출장길에 나선 김명석 씨가 고객의 사무실에 들렀다. 그들이 서로 대화하는 모습은 우리에게 익숙지 않은, 분명 다른 풍경이다. 마주보고 앉지도 눈을 마주치지도 않는다. 상대를 바라볼 수는 없지만 서로의 말을 듣고 교감을 나누다보면 의사전달은 충분히 가능하다. 어쩌면 그들의 대화는 세상 어떤 형태의 것보다 더 깊고 친밀한 것인지도 모른다.

전화로만 만나는 고객들은 그의 시각장애를 전혀 눈치채지 못하는 경우도 많다. 통화하는 동안 이자율이나 예치금 등 고객이 원하는 정보를 주기 위해서 경제기사는 늘 빠짐없이 챙긴다. 남들과 다른 점이 있다면 신문을 보는 대신 듣는다는 것이다. 눈이 아닌 귀로 읽는 것. 이것이 바로 김명석 씨만의 신문 구독법이다.

앞이 보이지 않기 때문에 이동에는 항상 주변의 도움이 필요하다. 출근할 때는 아내가 차로 태워다주고, 업무차 이동할 때에도 부하직원들의 동행이 필요하다. 그래서 그의 그림자는 늘 두 개인 셈이다. 하지만 매일같이 다니는 동선을 몸이 기억하고 있어, 익숙지 않은 바깥 외출만 아니면 사무실에서는 큰 불편 없이 지낸다.

상상 야구

못 말리는 야구광인 김명석 씨는 야구장을 한 번도 본 적이 없다. 볼 수 없어 머릿속으로 상상을 한다. 야구 책을 보면서 상상하고, 라디오 중계를 들으면서도 상상한다. 여전히 야구장의 크기를 가늠하지 못하는 그가 한 번도 본 적 없는 야구를 이해하는 데는 꽤 많은 시간이 걸렸다. 규칙들은 뒤죽박죽 헷갈려서 갈피를 잡을 수 없었고 선수들이 뛰는 그라운드가 다이아몬드처럼 생겼다는 말은 도무지 이해할 수가 없었다.

반드시 누군가의 도움이 필요하기 때문에 야구장에 가는 일은 쉽지 않다. 그래도 어떤 자리에 앉든 상관없으니 편하고 좋은 점도 있다. 동료들의 도움으로 야구장을 찾을 때면 김명석 씨는 자리에 앉자마자 귀에 라디오 이어폰을 꽂는다. 채널을 맞춰 중계방송을 듣는 그는 남들보다 늘 한 박자 느리게 반응한다. 중계방송 해설자의 입에서 나오는 말을 다시 귀로 들어야 하니, 눈으로 직

접 보는 것보다 느릴 수밖에 없다. 어쩔 수 없이 그의 탄성은 옆 사람보다 한 박자 늦다.

함께 경기를 보던 동료가 궁금한 걸 물어오면 중계방송 해설가보다도 유창한 김명석 씨의 해설이 쏟아진다. 시각장애인을 위한 야구해설가로 활동할 정도로 야구전문가인 그는 여느 해설가들처럼 선수들 기록을 앞에 둔 것도 아닌데 타석에 들어선 타자의 지난 시즌 타율이 입에서 술술 흘러나온다. 상대 투수의 투구 스타일과 몇 구째쯤에 타자가 안타를 노려보면 좋을 거라는 예측까지 내놓을 정도다. 하지만 그가 예측한 시점에 거짓말처럼 안타가 터져도 그의 반응은 다른 관중들과 사뭇 다르다. 모두가 반사적으로 일어나 환호와 탄성을 지를 때도 그는 그대로 자리에 앉아 있다. 경기를 이해하는 건 같아도 반사적으로 일어나는 타이밍은 좀처럼 맞춰지지 않는다. 경기장을 가득 메운 3만 명 중의 한 명이지만, 그를 지켜보는 모든 이들은 안타까운 마음을 감출 수가 없다. 그의 눈앞에선 과연 어떤 상상의 야구가 펼쳐지고 있는 것일까.

단 하나의 소원

지금껏 살면서 앞을 못 본다는 사실은 크게 중요하지 않았다. 눈이 안 보인다고 삶을 비관한 적도 없다는 김명석 씨는 그게 이상하냐고 오히려 되묻는다.

"볼 수 있다는 게 부러울 때가 물론 있죠. 수많은 사람들로 둘

러싸이고 그들의 환호가 터져나오는 야구장을 단 1초라도 보고 싶습니다. 선수들이 뛰는 그라운드는 정말 꼭 한 번 보고 싶어요. 제가 머릿속으로 상상하고 있는 그 야구장이 맞는지……. 실제로 볼 수 있다면 얼마나 황홀하겠습니까. 아마도 미치겠죠?"

다이아몬드처럼 생긴 야구 그라운드. 대부분의 사람들에게는 눈을 감고도 선명하게 그려지는 그 풍경이, 누군가에게는 닿을 수 없는 황홀경의 열망을 낳기도 한다는 사실은 곤혹스러울 만큼 안타깝다.

실제 야구 경기에서 희망이라는 단어는 잘 쓰지 않는다. 희망이란 말은 야구 기사에나 등장하는 단어다. 그런데 타자는 돌아오는 이닝마다 희망을 안고 타석에 들어선다. 감독도 희망을 걸고, 선수도 코치도 모두 희망이 없으면 경기장에 들어서지 않을 것이다. 그런 희망이 없었다면 끔찍했을 김명석 씨의 삶이 야구를 만나면서 달라졌다. 그가 생각하는 야구는 구석구석에 희망이 가득 차 있는 스포츠다. 그의 절친한 친구이자 힘을 내 생을 살아가는 방법을 가르쳐주는 스승이 바로 야구다. 그는 야구 안에 일상의 잔잔한 진리가 모두 담겨 있다고 믿는다.

"제가 생각하는 야구는 일단 공정합니다. 조건이 어떻든 공격과 수비를 번갈아 하면서, 돌아오는 기회에 능력껏 최선을 다해야 한다는 점. 그 점이 참 멋지죠. 그게 인생이랄까. 살아보니 인생도 그런 것 같다는 생각이 듭니다."

그는 야구와 인생 모두 누구에게나 공평하게 기회가 찾아온다

는 점이 닮아 있다고 생각한다. 사실 그 점에 있어서는 100퍼센트 일치한다고 믿는다. 인생에서도, 야구에서도 모양이 제각각인 기회가 찾아왔을 때 그게 기회인지 아닌지 알아채고 기회다 싶으면 내 것으로 만드는 노력이 중요하다. 바로 그것이 야구의 매력이고 그를 야구에 빠지게 만들었다.

그의 야구 사랑을 누구보다 잘 알고 있는 아내는 틈만 나면 남편에게 야구에 관한 정보를 읽어준다. 세상에 이런 사람이 또 있을까 싶을 정도로 야구에 푹 빠진 남편은 한국 야구의 모든 정보를 기억하고 있다. 야구 백과사전 같은 책을 읽어보면 그저 남편이 되뇌던 말들을 확인하는 정도밖에 되지 않는다. 이제까지 야구 그라운드를 한 번이라도 밟은 선수라면 한 명도 빼놓지 않고 기억하는 것은 기본이고, 타율이나 승패 등 선수의 성적은 물론 부상 부위까지 알고 있다. 그뿐만이 아니다. 수십 년 전에 뛰었던 선수의 연봉도 기억하고 조기 은퇴한 선수가 왜 그럴 수밖에 없었는지 등 수많은 뒷이야기도 쉴 틈 없이 들려준다.

'나에 대해서는 과연 얼마만큼이나 알고 있을까?' 이런 의문이 들 때면 아내는 남편이 은근히 얄밉기도 하다.

상상으로 그리는 세상

보통 사람들은 눈을 감고 걸으라면 몇 발짝 떼지도 못하고 이내 포기한다. 보이지 않으니 걸을 수 없을 거라고 너무 쉽게 단정

지어버린다. 우리가 섣부른 예측과 조급한 두려움으로 제자리걸음을 하는 동안 김명석 씨는 자유로이 거리를 활보하는 중이다.

하지만 시각장애를 지닌 그의 삶이 처음부터 순탄할 리는 없었다. 같은 일이라도 남들의 열 배, 스무 배는 노력해야 겨우 평균치를 맞출 수 있었다. 지금도 일과는 똑같다. 출퇴근 시간이면 어김없이 전화기를 꺼내들고, 음성 안내로 흘러나오는 주식동향이며 환율정보를 쉴새없이 귀에 담는다. 메모를 할 수 없으니 오로지 외우는 방법밖에는 없다. 그 밑천이 현재를 가능하게 했다.

지금껏 단 한 번도 앞을 볼 수 없는 자신을 원망해본 적이 없다. 후회한다고 달라질 수 있다면 백 번, 천 번이라도 했겠지만 그럴 생각조차 안 했다. 사람들은 자신들이 사는 세상만이 정상적인 것이라고 말하지만, 보이지 않는 세상 또한 보이지 않는 대로 그에게는 지극히 정상적인 세상이다. 그로서는 다섯 개의 감각 중 하나를 덜 가진 것뿐이다. 김명석 씨는 오늘도 온몸에서 전해오는 자신만의 감각으로 세상을 뜨겁게 상상한다.

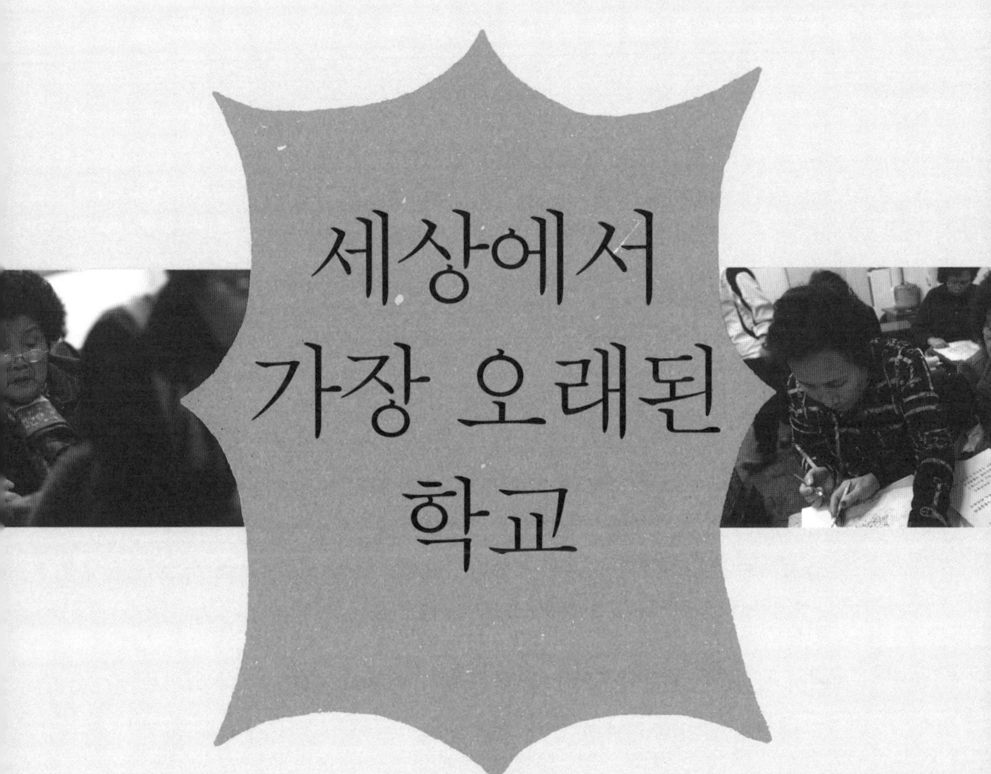

BBS 한글학교

글을 읽을 수 없어서 필요한 문자를 그림처럼 기억하며 살았고
세월이 흐를수록 글을 배울 수 있는 기회는 점점 더 멀어져만 갔다.
평생 글을 읽을 수 없는 것을 팔자려니 하고 체념했지만,
마음 한구석에는 늘 아쉬움이 남아 있었다.

이곳에서는 환갑이 훨씬 지나도 '막내' 소리를 듣는다. 웬만한 나이로는 어린 축에도 못 낀다는 얘기다. 평생 까막눈이 서러웠던 할머니들이 모여서 공부하는 일명 '세상에서 가장 오래된 학교', BBS(Big Brothers and Sisters Movement의 약자이다. 1904년 미국에서 시작된 사회운동으로 사회의 모든 구성원이 혈연을 떠나 의형제를 맺어 보살핌이 필요한 곳에 손을 내밀자는 뜻으로 시작됐다. 이후 전세계적으로 확산됐고 한국에는 한국전쟁 직후 보급되기 시작했다) 한글학교의 이야기다.

문맹률이란 단어는 요즘 사람들에겐 거의 잊혀진 단어나 다름없다. 불과 십여 년 전만 해도 매년 '우리나라의 문맹률이 몇 %로 예년에 비해 낮아졌습니다' 라는 아나운서의 멘트를 들을 수 있었는데 말이다. 요즘의 우리는 글을 읽고 쓰지 못하는 사람들이 있다는 사실을 좀처럼 떠올리지 않게 되었다.

하지만 한국전쟁 이후 극심한 가난에 어린 시절을 의탁해야 했던 지금의 노인 세대들은 글을 배울 기회조차 갖지 못하거나 도중에 포기하는 경우가 많았다. 그야말로 생존을 위해 삶의 전장에 뛰어들 수밖에 없던 시절이었고 글을 배우고 싶은 소망은 난세의 폭음 속에 묻혀버렸다.

한글학교에 모인 할머니들의 삶도 크게 다르지 않다. 자식들 뒷바라지에 한 푼이라도 더 벌려면 해가 뜨기도 전에 시장에 나가 좋은 자리를 차지해야 했다. 글을 읽을 수 없어서 필요한 문자를 그림처럼 기억하며 살았고 세월이 흐를수록 글을 배울 수 있는 기회는 점점 더 멀어져만 갔다. 평생 글을 읽을 수 없는 것을 팔자려니 하고 체념했지만, 마음 한구석에는 늘 아쉬움이 남아 있었다.

"까막눈이 한이라, 죽기 전에 한을 풀어야재!"

일상에서 글을 필요로 하는 경우는 수없이 많다. 관공서에만 가더라도 서류에 주소와 이름을 적어야 하는 게 다반사다. 할머니들은 그 손쉬운 일에도 전전긍긍하며 거의 평생 동안 불편함을 느껴왔다.

그래서 찾게 된 학교지만 이 할머니들이 한글학교를 찾게 되기까지는 말 못할 사연들이 많았다. 우선 아무리 나이를 먹었어도 까막눈임이 들통 나는 것은 부끄러웠다. 주변 사람뿐 아니라 심지어 가족들에게도 다 늙어 쓸데없는 짓 한다는 식의 비아냥을 듣는 것이 예사였다. 무엇보다 건강이 허락하지 않거나 여전히 먹고 살기 바빠 마음만 학교로 보내야 하는 경우도 있었다. 그런데도 할머니들의 열정이 꺾이지 않았던 것은 평생 동안 가슴에 묻어둔 배움의 한 때문이었다. 그 한을 풀어야 죽어서도 여한이 없을 것 같았다.

"내가 살아야 얼마나 살겠노? 이래 골병 들어가 내일이라도 저승에서 부르면 바로 갈낀데, 글 배아가꼬 얼마나 써물 수 있다고 배우것노. 한 이재, 한! 어릴 때 학교 가는 것보다 시장 가서 장사를 해야 식구들 먹고 살 수 있었으니끼네, 학교 근처도 못 가봤재. 장사야 숫자 알고 돈만 알면 되는 기라 평생 이래 안 살았나. 근데 살아 생전 이름 한번 못 써보고 눈 깜으면 보통 한이 아이라 눈도 못 깜을 것 같아서 여 안 왔나."

처음에는 글을 모르는 사람이 자신밖에 없을까봐 걱정했던 할머니들은 같은 처지의 사람들이 많은 걸 알고 깜짝 놀랐다. 늘그막에 매일같이 등교하는 것은 어쩔 수 없이 힘든 일이지만 함께하는 동무들이 있어서 학교에 가는 게 제일로 좋다. 부끄럽다며 학교 나가는 걸 반대하던 영감님들도 꼬리를 내리신 지 오래다.

글을 배우고 나자 세상이 달라졌다.
가슴속 한 맺힌 응어리가 풀리자 세상이 술술 읽혔다.
할머니들의 삶에 행복한 혁명이 일어났다.

구구단을 외워라

컴퓨터 수업시간이 되자 할머니들이 컴퓨터실에 모이셨다. 모니터 앞에 앉은 백발은 더없이 멋져 보였다. 할머니들은 요즘 인터넷도 하고 손자들과 이메일도 주고받으신다. 손자에게 신식 할머니라는 말을 듣고 소녀 같은 웃음을 짓는 한 할머니의 모습을 보면, 기술이란 이렇게 쓰일 때가 가장 멋진 순간일 거란 생각까지 들 정도다.

전원을 켜고 인터넷을 사용할 수 있는 상태가 될 때까지 족히 5분 이상이 걸리는 낡은 컴퓨터 앞에서 할머니들은 세상 모든 게 신기하기만 한 어린아이 같은 표정을 지으신다. 속도가 느리다는 불평 한마디쯤 나올 법도 하지만, 글을 배우기까지 평생의 기다림이 있었는데 이 정도 기다리는 건 문제도 아니라는 반응들이시다.

속도가 제 아무리 느려도 컴퓨터는 재미나지만 구구단은 사정이 좀 다르다. 구구단은 아무리 해도 안 외워지는 골칫덩어리다. 실컷 외워도 돌아서면 잊는 바람에 진이 다 빠질 지경이다. 그래도, 할머니들은 공부가 재미있다. 공부 덕에 이제는 이름도 쓸 줄 알고 주소도 쓸 줄 안다. 거리에 즐비한 간판도 읽을 수 있고, 더 이상 옆 사람에게 버스 번호를 묻지 않아도 된다. 자식 이름 한 자 못 쓰는 게 내내 마음 아팠던 한 할머니는 요즘 집에서도 손자하고 같이 한글 공부를 하신다. 아직 어린 손자 녀석은 할머니가 쓴 글자가 못 생겼다고 귀여운 타박을 한단다.

글을 배우고 나자 세상이 달라졌다. 가슴속 한 맺힌 응어리가 풀리자 세상이 술술 읽혔다. 할머니들의 삶에 행복한 혁명이 일어났다.

선생님, 선생님, 우리 선생님

한글학교는 공납금이 없다. 공부에 필요한 교과서와 공책은 주로 교과서를 만드는 출판사나 문구업체, 지역 기업들의 후원으로 해결하고 있다. 책걸상은 이제는 골동품 가게에서나 찾아봄직한 낡은 나무로 된 걸 사용한다. 그래도 할머니들에게는 세상에서 가장 소중한 학교다. 이 모든 것은 홀로 학교를 지키는 공명희 선생님의 땀과 열정이 없었다면 불가능했을 것이다. 공명희 선생님은 선생님의 외삼촌께서 학교를 운영하시던 시절부터 일을 도와오셨다. 4년 전 외삼촌이 돌아가시자 학교를 포기할 수 없었던 선생님은 다시 대학의 사회복지학과에 진학해 공부를 마치고 이제는 홀로 한글학교를 운영하고 계시다. 이렇게 되기까지는 가족의 열렬한 성원 없이는 불가능한 일이었다. 아내로서, 엄마로서의 역할이 많이 부족했는데도 깊은 뜻을 이해하고 응원해주는 남편과 아이들은 선생님에게 큰 힘이 되어주고 있다.

"이렇게 오래 하게 될 줄은 몰랐어요. 제가 없으면 찾아오시는 할머니들은 누가 봐드립니까. 눈치 안 보고 배울 수 있는 학교가 없어지면 다시 상처받으실까봐 어쩔 수가 없었어요. 그게 한 달이

부산시 사하구 김
산시 사하 9 김

지나고 일년이 지나다보니 이렇게 된 거죠."

수익이 생기는 것도 아니고 자원봉사 선생님들이 제때 필요한 만큼 와주는 것도 아니다. 간간히 들어오는 후원금과 기부금으로는 한 달 유지비도 빠듯한 수준이다. 월급을 받는 것도 아닌데, 선생님은 오히려 사비를 들여, 겨울에는 기름을 사고 여름에는 선풍기를 돌린다. 동사무소나 구청에서 제대로 지원을 받고 싶지만 입장이 서로 달라 쉽지가 않다. 설상가상으로 현재는 얼마 전에 새로 들어선 동사무소에 건물을 내줘야 할 처지다. 현재 학교로 쓰고 있는 건물을 동사무소 주차장으로 만들 예정이라고 한다. 한글학교는 정식으로 등록되어 있지 않기 때문에 아무런 법적 보호도 받을 수가 없는 상황이다.

선생님은 학교를 운영하면서 생각보다 글을 모르는 분들이 많다는 걸 알게 됐다. 부끄럽다는 생각에 드러내지 않아서 그렇지, 홍보 전단을 보고는 조심스레 찾아오는 분들이 계속 이어지고 있는 실정이다. 배움에 대한 열망은 나이와는 무관하다. 부족한 것 없이, 모두가 풍족함을 누리는 세상에서 누군가는 교육의 기본적인 혜택조차 받지 못한다는 건 우리 사회의 맹점이 분명하다. 그것도 짐짓 못 본 척한다는 점에서 순수함을 잃은 맹점이다.

살림 고수들의 점심시간

점심시간이 되면 누구나 즐겁기는 매한가지일 것이다. 점심시

간을 앞둔 수업 시간, 오늘의 식사 당번인 할머니는 점심시간에 맞춰 수업 도중에 밥을 안치고 국을 준비하신다.

할머니 한글학교에서는 세상 어느 학교도 따라올 수 없는 특별한 점심시간이 펼쳐진다. 그 어느 학교가 이보다 맛있고 완벽한 급식을 제공할 수 있을까. 점심시간이 되면 어디 내놓아도 손색없는 살림고수들의 실력이 유감없이 발휘된다. 평생 부엌일이라면 뼈가 닳도록 했기에 점심 준비는 눈 깜짝할 사이에, 완벽하게 준비된다. 학교급식의 완성이 존재한다면 그것은 아마도 한글학교 할머니들의 점심일 것이다.

그런데 할머니들은 한쪽에 밥상을 하나 더 차리신다. 그건 바로 선생님을 위한 밥상이다. 선생님은 한사코 거절했지만 굶어버리겠다는 할머니들의 협박을 이기지 못하고 받아들인 결과다. 세상에서 선생님을 가장 높으신 분으로 여기는 할머니들이 겸상은 절대 안 된다며 따로 정성스레 식사를 마련하는 것이다.

"선생님은 하늘 같은 분인데 우째 우리하고 같이 밥을 먹노. 그라면 안 된다. 나이가 무신 상관이고. 내 평생에 선생님께 가장 감사드리재. 우리 할매들이 얼매나 대단하다고 선생님이 우리를 가르쳐주시겠노."

글을 배우기 전, 할머니들은 노래방에 가는 걸 꺼렸었다. 요즘

선생님은 하늘 같은 분인데 우째 우리하고 밥을 먹노.
그라면 안 된다. 나이가 무신 상관이고.
우리 할매들이 얼매나 대단하다고 선생님이 우리를 가르쳐주시겠노.

세상에 노래방 안 가는 사람이 어디 있냐며 반문하겠지만, 자막으로 나오는 가사를 읽지 못해 창피 당할까봐 무조건 피했다. 이런저런 핑계를 대고도 어쩔 수 없이 노래방에 가게 될 때면 노래 부르는 취미가 없다며 가만히 앉아만 있었다. 그랬던 할머니들이 지금은 노래방에 가서 하루 종일 지겨울 만큼 노래를 부르신다. 글을 못 읽어 부를 수 없던 노래를 맘껏 부르니 속이 다 시원했다. 이제는 노래방에 가면 분위기를 휘어잡을 만큼 자신감이 생겼다. 가사를 읽어보니 가슴에 와 닿는 노래가 한둘이 아니다.

노래방에 다녀온 할머니들이 어렵게 배운 글로 적어내야 하는 첫 숙제는, 바로 자신의 어머니에게 편지를 쓰는 것이다. 부모 자식간의 사랑이라 하면 그동안 자식들에게 내리사랑을 쏟아부어오기만 하던 할머니들은 쑥스러워하면서도, 한 자 한 자 정성껏 난생 처음으로 당신들의 어머니에게 편지를 써 나가신다. 어떤 시인의 시가 이토록 가슴속 깊은 곳을 건드릴 수 있을까. 오랜 세월 누구에게도 표현하지 못하고 평생을 가슴으로 다듬고 써왔던 이야기는 거창할 것도 없고 표현도 거칠지만 그 울림만큼은 무엇과도 비교할 수가 없다.

세상엔 수많은 배움의 길이 있고 그 길을 따라 가치도 제각각이지만 할머니들을 보며 진정한 배움의 가치를 느낀다. 평생의 한이 남긴 할머니들의 상처는 배움의 하루하루가 덧대어지면서 이처럼 소리 없이 아물기도 하는 것이다.

다시 태어나도 나는 진호엄마

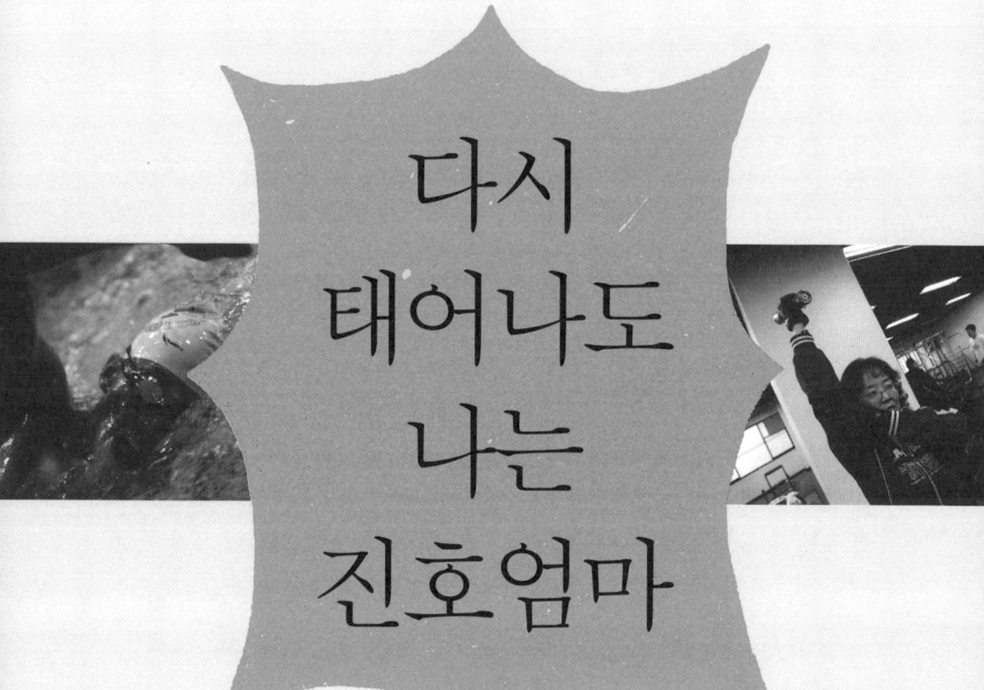

유현경

세상천지에 아이들 키우면서 이런저런 사건 하나 없는 엄마가 어디 있나요.

진호가 좀 특별한 건 작은 사건일 뿐이죠.

부모가 자식 뒷바라지하는 건 똑같잖아요.

제가 유달리 능력이 좋거나 인내심이 뛰어난 건 아니에요.

진호를 사랑하기 때문에 시간이 허락하는 한 그늘이 되어주고 있을 뿐이죠.

‘유현경’이란 이름보다 진호 엄마로 더 많이 알려진 사람. 자폐증을 가졌지만 세계무대에 나가 당당히 챔피언이 된 수영 선수 김진호 뒤에는 진호 엄마가 있다.

유현경 씨는 새벽 여섯 시면 진호를 깨운다. 평소 게으름을 피우지 않는 진호도 훈련량이 많았던 날은 이불 속에서 소심한 반항을 하기도 한다. 아직 새벽 어스름이 가시지도 않은 시간, 엄마와 아들은 수영장으로 출발한다. 일요일을 제외한 진호의 아침은 항상 똑같다.

진호는 아주 어렸을 때 자폐 진단을 받았다. 다른 가족들은 모두 충격을 받은 것 같았지만 유현경 씨는 의외로 담담했다. '내 아들이 다른 아이들과는 조금 다르구나, 이 녀석은 자기 세상에서 놀기를 더 좋아하는구나' 하는 생각이 들 뿐이었다. 낳은 걸 후회한 적도, 장차 아이를 어떻게 키울지 크게 걱정하지도 않았다. 오히려 남김없이 더 많은 사랑으로 키우라는 하늘의 뜻이라고 생각했다.

"세상천지에 아이들 키우면서 이런저런 사건 하나 없는 엄마가 어디 있나요. 진호가 좀 특별한 건 작은 사건일 뿐이죠. 부모가 자식 뒷바라지하는 건 똑같잖아요. 제가 유달리 능력이 좋거나 인내심이 뛰어난 건 아니에요. 진호를 사랑하기 때문에 시간이 허락하는 한 그늘이 되어주고 있을 뿐이죠."

여느 수영 선수와 마찬가지로 진호도 하루 종일 물에서 산다. 진호가 물을 이렇게 좋아하지 않았다면 어땠을까 싶다. 엄마는 아무리 힘들어도 훈련을 거르지 않는 진호가 대견하다. 몸에 조금이라도 이상이 있으면 수영이 힘들어지는 걸 알기 때문에, 수영을 시작한 이후로 스스로 건강관리를 하는 것도 대단한 발전이다.

엄마는 하루 종일 진호 곁을 지킨다. 훈련하는 동안은 가만히 지켜보기만 할 뿐이지만 엄마에게 잘 보이려고 더 열심히 하는 것 같아 쉽게 자리를 비울 수가 없다. 진호가 본격적으로 수영을 하

진호는 아주 어렸을 때 자폐 진단을 받았다.
다른 가족들은 모두 충격을 받은 것 같았지만
유현경 씨는 의외로 담담했다.
'내 아들이 다른 아이들과는 조금 다르구나,
이 녀석은 자기 세상에서 놀기를 더 좋아하는구나'
하는 생각이 들 뿐이었다.

게 되면서 엄마의 일상은 진호의 일상으로 변했다.

처음 수영에 도전했을 때는 자폐를 문제 삼아 퇴짜도 많이 맞았다. 진호가 유독 물을 좋아하고 물과 만나고 나면 정서도 부드러워지는 것 같아 수영을 반드시 시키고 싶었지만 가르쳐줄 코치도, 받아줄 수영장도 없었다.

진호가 수영 준비와 뒷정리를 다른 아이들처럼 할 수 있다면 받아주겠다는 제안을 받았을 때는 한달음에 시장으로 달려갔다. 수영장에서 사용하는 것과 똑같은 사물함을 사와 집에 설치해두고서 혼자 수영복을 갈아입고, 사물함을 사용하고, 뒷정리까지 하는 것을 무수히 반복하게 했다. 다른 일 같았으면 하기 싫다고 버텼을 진호가 이걸 하면 수영장에 갈 수 있다고 하자 군소리 없이 하나하나 배웠다. 모든 동작을 충분히 외웠을 때 수영장에 찾아갔고, 진호가 남들과 다름없이 해내자 드디어 기회가 주어졌다. 다른 아이들과 출발선이 달랐던 진호가 세계 챔피언이 된 후 주변에서는 재능을 타고났다며 말들이 많지만 그 재능이 눈에 띄는 결과를 만들어내기까지 이런 과정이 숨어 있었다는 걸 아는 이는 드물다.

호랑이 코치님의 불호령과 무거운 무게 주머니와의 싸움 끝에 진호는 수영 챔피언이 되었다. 수영으로 정상에 선 것도 좋지만 그보다 수영을 통해서 많은 걸 배웠다는 게 더 큰 의미가 있다. 좋아하는 걸 계속하기 위해서 어떤 과정을 거쳐야 하는지 알게 되었고, 땀을 흘린 만큼 웃을 일이 찾아온다는 것, 그리고 다른 사람들

과 어울리려면 어떻게 해야 하는 지도 깨달았다. 자신을 관리하는 법을 터득했다는 것은 무엇보다 중요한 일이다. 평생 부모가 곁에서 보살펴줄 수 없기 때문에 엄마는 진호의 발전 하나하나가 너무나 값지고 소중하다.

사람들은 진호가 수영으로 성공한 이야기와 진호 엄마가 아들을 수영 선수로 키운 사연에 더 많은 관심을 보이지만 진호 엄마는 정작 수영 선수로서의 진호 이야기에는 별다른 관심이 없다. 수영은 세상으로 나가기 위한 고된 여정의 출발점에 불과한 것이다. 만약 수영 선수가 되는 게 엄마가 생각한 최종 목표였다면 선수로서 생명이 다 한 뒤에는 어떻게 되는 걸까. 진호 엄마는 언제나 그 이후가 더 중요하다. 부모가 해줄 수 있는 것은 단지 바탕을 만들어주는 것뿐, 앞으로의 일들은 진호가 풀어야 할 숙제이다.

진호 엄마로 사는 인생

대부분의 사람들은 자폐라고 하면 아무것도 할 줄 모르는 바보로 여긴다. 그건 분명히 잘못된 생각이다. 자폐는 병이 아니다. 남들과 조금 다른 것뿐인데 세상이 병이란 단어에 가두어버렸다. 새로운 것을 받아들이고, 배운 것을 응용하고, 주어진 상황을 판단해서 스스로 결정하고 행동하는 보통의 아이들과 똑같다. 단지 자폐아들은 그 속도가 좀 느릴 따름이다.

진호의 자아는 남들보다 조금 더 두텁다. 그래서 남들이 보편

적으로 소통하는 방식과는 다른 방식으로 소통하려고 한다. 진호의 방식을 그대로 따른다면 진호가 하고자 하는 모든 얘기를 다 나눌 수 있을지도 모를 일이다. 그런데 아직 진호의 소통 방식은 그 수가 얼마 되지 않는다. 세상의 다른 많은 사람들과 어울리려면 세상의 방식들이 필요하다. 진호는 수영을 통해서 그것을 배우고 있는 중이다.

진호가 수영을 하는 동안은 엄마도 옆에서 운동을 한다. 스스로가 건강해야 진호에게도 더 낫지 않을까 싶어서다. 평생 부모가 곁에서 돌봐줄 수 없다는 것을 진호는 모른다. 엄마, 아빠는 언제까지나 옆에 있는 존재라고 생각한다. 어느 순간 부모라는 그림자가 사라지면 진호가 당황할 것은 분명하다. 그게 언제가 됐든 진호가 일상에서 큰 탈 없이 지낼 수 있도록 도와주는 것이 부모로서 해줄 수 있는 유일한 것이라고 생각한다. 그래서일까. 자신의 건강조차도 온전히 스스로를 위함이 아니다. 하루라도 더 건강하게 진호 곁에 머물기 위해서는 자기 자신부터 건강해야 하는 것이다.

진호가 수영 선수로서의 경험을 통해 더 많은 자폐아들이 세상에 나오도록 도울 수 있는 기반을 마련해주는 것. 그것이 바로 유현경 씨가 생각하는 진호 엄마로서의 역할이다. 그래서 틈나는 대로 공부를 하고, 자폐아들이 세상과 소통할 수 있는 학교를 만드는 꿈을 꾼다. 그곳에서 진호도 훌륭하게 제 역할을 다할 수 있을 거라고 믿는다. 이것이 엄마, 아빠가 진호를 위해 살아야 하는 이

유다.

주변에선 진호를 낳은 후로 자의 반 타의 반 수행하는 삶이 아니냐고 묻곤 하지만, 유현경 씨는 진호 엄마로 살아가는 데 만족한다. 그것은 이 세상에서 단 한 사람, 그녀만이 누리는 영광이다. 이름 앞에 붙는 '진호 엄마'란 말이 좋다. 진호 엄마로 허락받은 건 오직 자기 자신밖에 없다는 사실에 감사한다.

모든 사람의 삶이 다 같을 수는 없다. 남들이 좇는 삶에 무조건 맞춰 사는 건 의미가 없다. 그렇다고 진호 엄마로 사는 인생이 특별한 것도 아니다. 다른 엄마들처럼 자식 때문에 웃고 또 때로는 자식 걱정에 밤을 지새우며 그렇게 살아가는 삶이다.

"다시 태어나도 진호 엄마죠. 고생이요? 이게 고생이면 아무것도 못하게요. 엄마가 아들한테 줄 수 있는 게 사랑 말고 뭐가 있겠어요. 눈에 넣어도 아프지 않다는 말이 참 막연했었는데 진호를 낳고, 키우다보니 무슨 뜻인지 알 것 같아요. 이렇게 대견하게 자란 진호를 보면 다른 생각이 끼어들 틈이 없어요."

서로 다름을 인정하는 것

진호 엄마가 생각하는 장애는 진호가 가진 자폐가 아니라 진호를 바라보는 세상의 시선이다. 사람들은 서로 다르다는 사실을 인정하는 일에 너무 인색하다. 그녀는 상대를 이해해달라고 기대하는 것이 아니라 그저 서로 다름을 인정해주길 바라는 것이다.

사람마다 제각기 삶의 의미를 찾는 과정은 다르다. 다양한 삶 속에 다양한 깨달음이 있고 진정한 자유란, 자신의 인식 가운데 고정관념과 경계를 두지 않는 것이다. 무엇이 더 옳고 더 가치 있는 것이라고 판가름하며 목청을 높일 필요도 없다. 주어진 상황 속에서 최선을 다해 결실을 얻게 하는 긍정의 힘은 비교의 대상이 아니라 그 자체로 순수하고 아름다운 것이다. 진호 엄마는 진호와 함께 가는 세상이 남들보다 더 힘겹다고 여기지 않는다. 조금 다른 아이를 통해 오히려 더 풍성한 사랑을 얻고 있다고 믿는다.

우리는 바깥세상과 단절하고 자신의 내면세계에 갇혀 있는 진호와 무엇이 다른가. 겉으로는 세상에 귀 기울이는 척하지만 실상은 자신의 이로움을 탐하는 내면의 소리에만 집착하고 있지는 않은가. 그 숨 막히는 이중의 현실 속에서 남몰래 고독해하고 있는 건 아닌지 나 자신부터 돌아봐야 할 것이다.

바다로
돌아온
예비역 중사

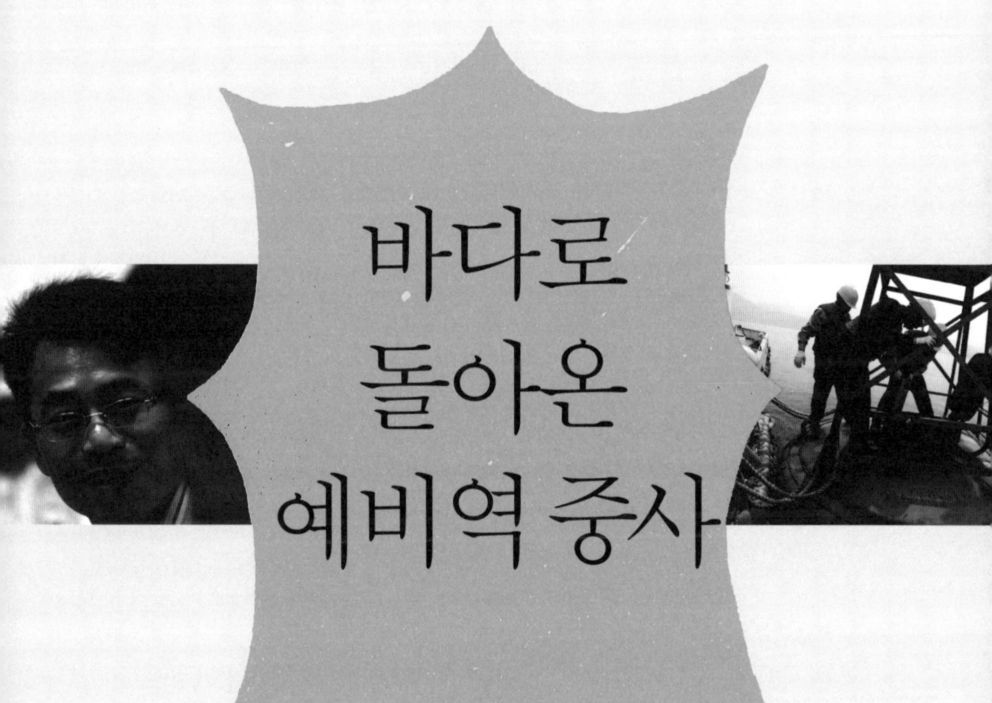

제2연평해전 참전 용사 김현

여느 바다 사나이들처럼, 그 또한 모든 청춘을 바다에 띄웠다.

남들과 다른 점이 있다면 그 굽이치는 청춘의 한가운데에

남들은 평생토록 겪어보기 힘든 '전투' 에 대한 기억이 자리잡고 있다는 것이다.

어느 날 불쑥 날아든 포탄과 함께 벌어진 참극은 상상조차 해본 적 없었다.

2002년, 월드컵 열기로 온 나라가 들썩이고 있을 때 뜻밖의 급박한 뉴스가 흘러나왔다. 북한의 도발로 서해상에서 교전이 벌어졌고, 다수의 부상자와 사망자가 발생했다는 내용이었다. 그러나 분위기가 좋았던 당시의 남북관계에 비춰볼 때 교전이 벌어졌다는 사실은 좀처럼 믿어지지 않았다. 우리 군의 사망자까지 발생했지만 엄청난 월드컵 열기와 정부의 정책적 특수성에 기인한 '상황 넘기기식' 처리로 인해 국민적 관심사에서 곧 멀어졌다.

당시 전사자 중 한 명인 고(故)한상국 중사의 미망인은 국가의 영해를 수호하다 전사한 남편에 대한 예우가 북한 눈치 보기에 밀려 제대로 이루어지지 않는 것에 실망해 미국으로 떠나기도 했다. 정권이 바뀌며 그 전까지 '서해교전'으로 격하되어 불리던 교전

명칭이 '제2연평해전'으로 격상되고 전사자에 대한 추모 행사가 예우에 걸맞게 이루어지자 미국으로 떠났던 미망인은 한국으로 돌아와 추모행사에 참석하기도 했다.

제2연평해전 참전 용사였던 김현 씨도 당시 큰 부상을 입었었다. 그 일을 겪은 후 그는 전투를 승리로 이끈 자랑스러운 해군으로 남을 듯했으나, 얼마 후 스스로 군복을 벗고 군을 떠났다. 그랬던 김현 씨가 다시 바다로 돌아왔다. 다만 이번에는 군인이 아닌 국토해양부의 일원으로서 한국의 바닷길을 밝히는 바다의 파수꾼이 되어 다시 돌아온 것이다.

바다에 청춘을 띄우다

이제는 국토해양부 소속 공무원인 김현 씨. 선박 운항의 안전을 위해 불을 밝히고 있는 수백 개의 항로표지를 설치 및 관리하고, 바다 곳곳의 지형을 탐사하는 국토해양부의 업무를 수행 중이다. 군함이 아닌 탐사선에서 그를 만났다. 해상 전투를 겪은 참전 용사답게 검게 그을린 피부와 우람한 체격, 카리스마 넘치는 말솜씨를 기대했지만, 조용한 분위기에 말수도 적은 평범한 외모의 아저씨였다.

고등학교를 졸업한 뒤 곧바로 기술사관으로 입대한 그는 현역 시절 함정의 가장 중요한 엔진과 각종 기관을 담당하는 기관사로 복무했고, 국토해양부의 탐사선을 타는 지금도 기관사로 근무 중이다.

여느 바다 사나이들처럼, 그 또한 모든 청춘을 바다에 띄웠다. 남들과 다른 점이 있다면 그 굽이치는 청춘의 한가운데에 남들은 평생토록 겪어보기 힘든 '전투'에 대한 기억이 자리잡고 있다는 것이다. 삶의 터전인 바다가 늘 멋진 추억만 만들어줄 거라 생각하진 않았지만, 어느 날 불쑥 날아든 포탄과 함께 벌어진 참극은 상상조차 해본 적 없었다.

바다를 떠나다

서해상에서 북한 영해와 근접해 떠 있는 모든 해군 함정, 특히 기동성이 생명인 고속정에는 하루 스물네 시간 긴장감이 흐른다. 수시로 전투 배치 명령이 하달되고, 밤낮과 상관없이 경보가 울릴 때면 언제나 사선과 마주하는 기분이다.

문제의 그날 역시 익숙한 전투 배치가 이루어졌다. 김현 씨는 기관실에서 대기 중이라 바깥 상황이 어떻게 돌아가는지 모르고 있었다. 잠시 후 함선 옆에서 쾅하는 폭발음이 들리고 충격파가 온몸에 그대로 전해졌다. 북한군의 선제공격으로 해군 고속정 357호는 금세 아수라장으로 변했다.

기관실은 일순간 깜깜해졌고, 폭발한 고속정 선체 틈새로 빛 몇 줄기가 간신히 들어오고 있을 뿐이었다. 김현 씨는 본능적으로 기관을 살리기 위해 양쪽 엔진에 손을 올렸다. 해상 전투는 육지 전투와는 달라 함정의 기관이 정지하면 꼼짝할 수도 없고, 주요 무기에 동력도 공급되지 않기 때문에 가만히 앉아서 당할 수밖에 없다. 전기가 나가 칠흑같이 어두운 상황에서도 자신의 분신과도 같은 엔진을 먼저 챙겼다. 다행히 손끝에서 전해지는 미세한 떨림만으로도 엔진이 아직 무사하다는 걸 알 수 있었던 그는 동료와 함께 급히 기관을 정비하고 엔진을 살려냈다. 그때 김현 씨의 머리에는 많은 피가 흐르고 있었다. 선제공격을 받았을 때 터졌던 폭탄 파편이 그의 머리에 중상을 입힌 것이다.

“여기, 바로 여기 머리 왼쪽으로 파편이 튀면서 큰 상처가 났습니다. 그런데 제 부상은 별로 말하고 싶지 않아요. 전사하신 분들도 계시고. 어쨌든 저는 이렇게 잘 지내고 있으니까요.”

옆에 있던 동료가 응급처치를 해주었지만 상처는 생각보다 컸다. 지혈을 위해 누르고 있던 수건엔 피가 홍건했다. 그래도 김현 씨는 자신의 상처만 돌보고 있을 수가 없었다. 갑판 위에 있던 동료들이 걱정이었다. 상황을 확인하기 위해 서둘러 갑판으로 뛰어 올라가자 처참한 광경이 눈앞에 펼쳐졌다. 함정의 좁은 통로에는 동료들이 전사한 채 쓰려져 있었고, 이미 한 쪽 손을 잃은 대원은 피를 흘리며 나머지 손으로 사격을 계속하고 있었다. 자신의 몸을 아끼지 않으며 모두가 본능적으로 싸우고 있었다. 부상당한 전우를 보호하기 위해 자신의 몸은 방패가 되었다. 참수리 357호 용사들은 그렇게 전투를 치루었다.

중상에서 회복한 김현 씨는 고심 끝에 전역을 선택했다. 평생

NEW PORT
NEW

군복을 입고 살 것만 같았는데, 어느 순간 민간인의 신분이 되었다. 이라크 전쟁 참전 병사들의 경우를 통해 알려진 '외상성 스트레스 장애' 같은 후유증이 있었던 건 아니다. 부상의 흔적은 몸에 생긴 흉터로 영원히 남겠지만 예전과 다름없는 몸과 마음의 건강을 회복했다. 다만 군인의 아내가 다 그렇듯 언제나 사선과 마주하는 남편을 걱정하는 아내가 안타까웠고, 게다가 갑작스런 남편의 전투 소식에 큰 충격을 받았던 아내를 또다시 그런 고통 속에 두고 싶지 않았다. 그동안 소홀했던 아들에게도 아빠 노릇을 제대로 해주고 싶었다. 그런 이유로 오랫동안 입고 있던 군복을 벗게 되었다. 해군의 상징인 새하얀 정복을 더이상 입을 수 없다고 생각했을 땐 마음속에서 만감이 교차했다.

같은 바다에서 다르게 사는 법

"바다를 떠난 뒤 다시 돌아오리라곤 생각도 안 했는데 말이죠. 산다는 게 참 그래요. 제가 갖고 있는 능력은 죄다 바다에서 써먹는 것이더라고요. 바다를 떠나서도 잘 지낼 수 있을 거라 기대했는데 막상 전역하고 나니 생각과는 많이 달랐어요."

바다를 떠난 지 2년이 다 되어갈 무렵, 김현 씨는 다시 한번 바다를 향해 인연의 줄을 던졌다. 마침 국토해양부에서 김현 씨의 전공인 업무 분야에 사람을 뽑고 있었다. 두 번 생각할 것도 없이 당장 지원했고, 이제는 바다를 돌보는 공무원이 되었다. 방탄 헬

바다를 떠난 지 2년이 다 되어갈 무렵,
김현 씨는 다시 한번 바다를 향해 인연의 줄을 던졌다.
방탄 헬멧 대신 안전모를 쓰고 군화 대신 안전화를 신었지만
바다와 자신을 다시금 하나로 묶었다.

멧 대신 안전모를 쓰고 군화 대신 안전화를 신었지만 바다와 자신을 다시금 하나로 묶었다.

전투의 아픈 기억을 되살리는 바다. 그 바다로 돌아오는 게 두려울 법도 한데 그는 두려움 같은 건 없었다고 주저없이 말한다. 가슴에 묻은 그날의 아픔은 평생토록 잊지 못하겠지만, 바다는 늘 그대로의 바다일 뿐이다.

다시 돌아온 바다. 짧게는 며칠에서 길게는 몇 달 동안씩 바다 위에 머문다. 국내에 두 척밖에 없는 탐사선 중 한 척에서 일하다 보니 쉴 틈 없이 바쁘다. 드넓은 동해바다와 섬이 많은 남해바다가 그의 일터다. 동료들은 그가 연평해전 참전 용사인 사실을 알고 있다. 정작 본인은 아무 일도 없었다는 듯 그 사실을 드러내지 않지만, 다들 누구보다 자랑스러운 동료라 입을 모은다. 기상 상황이 조금만 나빠져도 한순간에 생사를 넘나드는 곳이 바다인데, 그 바다에서 전투를 치르며 한 치도 물러서지 않았던 그가 한없이 자랑스러운 모양이다.

이제 김현 씨는 동료들과 함께 해상 안전을 책임지는 파수꾼이 되어 바다 위를 누비고 있다. 육지에 가까울수록 근처를 항해하는 선박은 복잡한 바다 속 지형과 물살, 수심 등의 정보가 안전에 절대적으로 필요하다. 이런 정보를 가장 확실한 방법으로 24시간 전달하는 안전장치가 바로 항로표지다. 바다 위에 덩그러니 떠 있는 못생긴 철근 구조물 하나가 수천 톤의 선박 입장에서는 소중한 길잡이인 셈이다. 낮에는 레이더 신호로 밤에는 불빛으로 정보를 전달한다.

바닥에 가라앉은 추에 의지해 떠 있는 항로표지가 바다라는 혹독한 환경에서 제 구실을 할 수 있는 이유는 바로 김현 씨와 같은 일을 하는 이들의 노력이 있기 때문이다. 아무리 기술이 발달해도 기술과 기술을 이어주는 역할은 언제나 사람이 할 수밖에 없다. 파도가 잠잠한 날도 작은 항로표지 위에 올라서는 일이 쉽지 않은데, 파도가 높은 날 그 위에 서면 몸이 공중으로 솟구쳤다 떨어지는 기분이다. 아무리 조심해도 위험에 노출될 수밖에 없기에 긴장을 늦출 수가 없다.

업무의 특성상 몇 주씩 바다에 있다 입항해도 다시 업무가 하달되면 곧바로 출항해야 하는 경우가 많다. 항로표지는 미리미리 점검하는 것이 중요하고 혹시라도 고장이 나면 즉시 수거를 해야 하기 때문이다. 선박 안전에 직접적인 영향을 미치는 거라 피곤하다고 수리를 미루다가는 큰일이 난다. 그러다보니 가족들과 보내는 시간이 부족할 수밖에 없다.

김현 씨는 바다에 나갔다가 오랜만에 숙소로 돌아오면 옷도 갈아입지 않고 전화기 먼저 집어 든다. 귓전에서 아내 목소리가 들리고 아들 녀석의 고함소리가 들리면 몸은 비록 진해에 있지만 마음만은 집이 있는 목포에 가 있는 기분이다. 이렇게 가족들과 전화 통화를 할 때면 행복한 미소가 입가에 번지고 피로는 눈 깜짝할 사이에 사라져버린다. 김현 씨는 통화가 끝나도 한참 동안 전화기를 손에서 내려놓지 못한다.

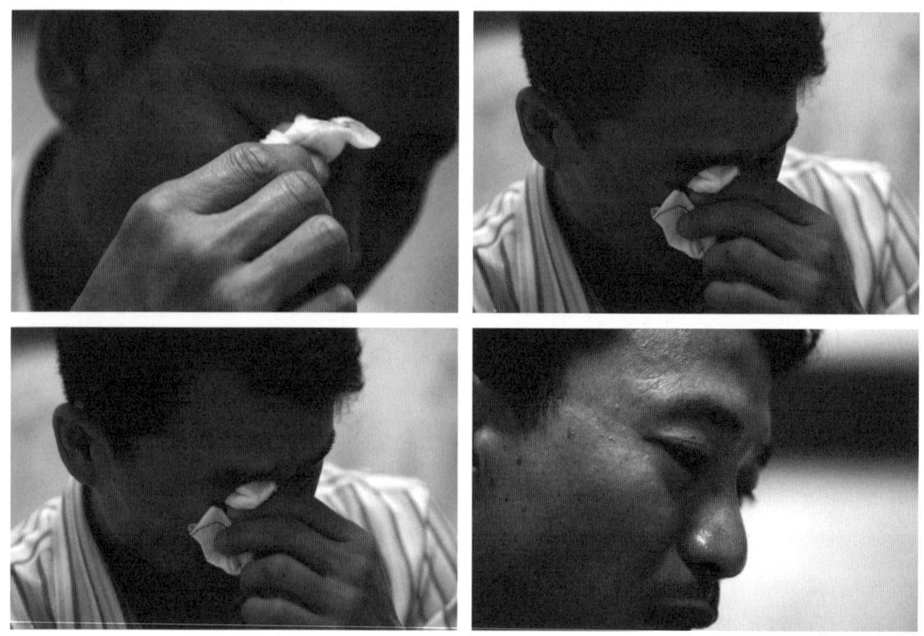

가슴이 많이 아프죠.
그런데 군인이라면 당연히 마주할 수밖에 없는 상황 아닙니까.
군복을 입고 있는 한 조국을 위한 목숨인데 뭐가 두렵습니까.
그동안 소홀했던 전사들에 대한 예우가 제대로 이뤄졌으면 좋겠고
그 분들의 죽음이 헛되지 않기를 바랄 뿐입니다.

이놈의 눈물은 또 흐른다

오랜만에 옛 전우들을 만났다. 모두가 모였으면 좋으련만 현역으로 복무 중인 전우들과 함께하는 자리는 생각보다 시간 맞추기가 힘들다. 그래도 전화 한 통이면 두말없이 달려오는 옛 전우들 때문에 가슴이 벅차다. '이들이 나와 함께 전투를 치른 사람들이다', '전우들 덕에 내가 이 자리에 있는 것이다'. 한없이 되뇌던 혼잣말을 속으로 또 반복한다. 삼겹살에 소주 한잔 기울이며 남겨진 자들은 또 눈물을 흘린다. 애써 참아 봐도 흐르는 눈물을 막을 도리가 없다.

"가슴이 많이 아프죠. 그런데 군인이라면 당연히 마주할 수밖에 없는 상황 아닙니까. 군복을 입고 있는 한 조국을 위한 목숨인데 뭐가 두렵겠습니까. 이런 말이 듣기에 따라서 입바른 소리 같을 수도 있겠지만, 그런 상황을 겪고 보니 그 말이 맞는 것 같습니다. 그동안 소홀했던 전사들에 대한 예우가 제대로 이뤄졌으면 좋겠고 그분들의 죽음이 헛되지 않기를 바랄 뿐입니다."

제2연평해전에 참전했던 용사들은 사람들의 관심을 받는 게 편하지가 않다. 357호정에 누가 탔더라도 그때 그 자리에 있었다면 용감하게 맞서 싸웠으리라. 어느 순간 적의 선제공격에 운명을 달리한 전사자들은 피를 나눈 형제와도 같은 전우였다. 차가운 바다 속에 그들을 놓아두고 와야 했을 때는 칼로 살점을 도려내듯 가슴이 아팠다. 포탄이 오가는 교전 상황 속에서 너나 할 것 없이 본능대로 몸을 움직였다. 여섯 명의 전사와 열여덟 명의 부상. 아무 일도 없던 때로 시간을 되돌릴 수 없는 대신 전사자들의 명예가 실추되지 않도록 누구보다 열심히 남은 삶을 살아가겠다는 다짐을 한다.

김현 씨는 자신도 평생 떼어놓지 못할 상처를 몸과 마음에 고스란히 안고 있으면서도, 전사자들과 유족들에 대한 미안함과 걱정만 이야기한다. 머리의 부상으로 출혈이 많았던 탓일까. 겉으로는 완치된 듯하지만 원인을 알 수 없는 두통에 종종 머리가 아프고 날씨가 궂은 날이면 부상 부위가 지끈거린다. 그런데도 주변에서 간혹 걱정하는 눈치를 보이면 죽을병도 아닌데 무슨 걱정이냐며 대수롭지 않게 넘긴다. 제 깊이에 모든 고통을 묻고서 고요히 출렁이는 바다. 그는 그 바다를 닮았다.

16만 도자대장경

통도사 서운암 성파스님

아무것도 없는 상태에서 하나하나 터득해가며 만들다보니 처음엔 실패가 일상이었지.

그래도 포기하겠다는 생각은 해본 적이 없어.

내가 죽기 전에 해낼 수 있을지 없을지 그런 건 애초부터 생각도 안 했고.

어려우면 어려운 대로 뜻이 있는 곳에 길이 있지 않겠어?

8만대장경은 불가의 가르침과 깨달음의 기운으로 국운을 키우고자 했던 선조들이 남긴 세계적인 문화유산이다. 그 옛날, 선조들이 8만 장에 이르는 방대한 분량을 목각판으로 완성한 것은 참으로 불가사의한 일이다.

그런데 그 두 배가 되는 '16만 도자대장경'이 완성되었다. 통도사 한쪽에 자리잡은 서운암에서 한평생을 녹여내며 수행하듯 작업을 해오신 분은 노승 성파스님이다. 스님은 세월을 머금고 있는 8만대장경이 목판의 특성상 아무리 보존을 잘해도 수백, 수천 년을 버텨내기에는 한계가 있다는 점을 고심했다. 게다가 8만대장경이 보존이라는 목적에 가려져 처음의 뜻과는 달리 사바세계로 나오지 못하고 보존실에만 갇혀 있는 것이 안타까웠다. 그 원뜻을 살리고 보다 오래도록 보존해 후대에 전하고픈 한 노승의 집념은 16만 장의 도자대장경을 10년 만에 완성시켰다. 양면에 목각된 8만대장경과 달리 흙과 불로 빚은 도자대장경은 한 번에 한 면밖에 만들지 못하기에 그 두 배인 16만 장으로 수가 늘어나게 된 것이다.

"8만대장경이 나무로 만들어진 거라 언젠가는 소멸될 텐데, 자기로 재현해놓으면 그보다는 오래 가지 않겠어? 조상들의 기운이 녹아 있는 소중한 문화유산을 오래도록 보존해서 후대에 물려주고 싶었지. 도자대장경은 8만대장경과 내용은 같지만 목판보다는 튼튼해서 많은 사람들이 직접, 그리고 쉽게 볼 수 있으니까 활용을 더 잘할 수 있겠지."

도자대장경이 단순히 남들에게 보이기 위한 목적이었다면 아무리 수행자라도 스스로가 지겨움을 참지 못했을 것이다. 스님은 한 장 한 장 만드는 과정에 온 힘을 쏟아 부었다. 덕분에 8만대장경 내용을 처음부터 끝까지 전부 보게 됐고, 승려로 살아가는 매 순간 마음을 가다듬는 자세로 살게 되었다고 한다. 도자대장경을 만드는 것도 중요하지만 그 일의 성공 여부와 상관없이, 스스로 움직여 의미를 만들어낼 수 있다면 그게 바로 수행자가 가야할 길이라고 믿었다.

16만 도자대장경을 만드는 방법은 단순히 일반 도자기를 굽는 것과는 모든 면에서 달랐다. 흙의 배합이나 유약과의 조합도 다르고, 불을 다루는 방법과 사용하는 가마도 새로웠다. 처음 있는 시

8만대장경은 불가의 가르침과 깨달음의 기운으로
국운을 키우고자 했던 선조들이 남긴
세계적인 문화유산이다.
그런데 그 두 배가 되는 '16만 도자대장경' 이 완성되었다.
통도사 한쪽에 자리잡은 서운암에서
한평생을 녹여내며 수행하듯 작업을 해오신 분은 노승 성파스님이다.

도인 터라 국내에는 참고할 만한 자료가 없어 일본까지 가서 배우고 연구해가며 일을 시작할 수 있었다. 가마를 만드는 일이 우선 시급했는데, 도자기를 굽는 가마로는 도자대장경을 만들 수가 없었기 때문이다. 연구한 내용을 토대로 아예 새로운 가마를 만들며 수차례의 실패를 겪었지만 첫 단추를 끼우는 일부터 포기할 수는 없었다.

"아무것도 없는 상태에서 하나하나 터득해가며 만들다보니 처음엔 실패가 일상이었지. 그래도 포기하겠다는 생각은 해본 적이 없어. 내가 죽기 전에 해낼 수 있을지 없을지 그런 건 애초부터 생각도 안 했고. 어려우면 어려운 대로 뜻이 있는 곳에 길이 있지 않겠어?"

흙도 문제였다. 도자기를 빚기에 좋은 흙은 평평한 대장경에는 맞지가 않았다. 황토를 선별해 배합하고 반죽해서 알맞은 두께를 찾는 데만도 한참이 걸렸다. 얼마나 많은 시간 무수한 실패로 점철되었던가. 그래도 기나긴 실패의 시간들이 결국 오늘의 결과를 낳았다.

3천 개 불상을 만들다

성파스님은 1960년 수행자의 삶을 선택한 이후 통도사 주지까지 지내셨다. 전통문화에 대한 애착이 남달리 깊어 사라지는 전통을 복원하고 그것을 후대에 전하고픈 열정으로 성파시조문학상

을 제정했고 천연염색, 전통 된장 담그는 법 등을 복원해 사회에 그 비법을 전파하고 있다.

하지만 승려가 된장, 고추장이나 담아 팔고 시간이 남아서 염색이나 한다는 비아냥을 듣기도 했다. 언뜻 보기에 수행자의 삶과 어울리지 않기 때문이다. 그럼에도 스님은 일말의 흔들림도 없이 이번에는 3천 개의 불상을 흙으로 빚어내기도 하셨다. 불상을 만드는 것이 수행의 한 방법일 수도 있지만, 당신을 위한 수행보다는 불상을 보는 사람들이 그것을 보고 서 있는 그 순간만이라도 무언가 생각할 시간을 가질 수 있기를 바랐다. 스님은 불상이 그런 계기를 줄 수 있다고 믿었고, 현재 그런 역할을 하고 있다면 스님으로서는 더 바랄 게 없다고 말한다.

"손으로 일일이 직접 다 만들었지. 표정은 모두 달라. 일부러 다르게 만들려고 한 건 아니지만 부처의 표정이라고 정해진 게 있나? 다 부처지. 3천 개라는 개수는 특별히 종교적 의미에서 나온 건 아니야. 쭉, 봐봐. 내 얼굴이 있을 수도 있고 자네 얼굴이 있을 수도 있어."

3천 개의 불상이 하나가 되어있는 모습은 그야말로 장관이다. 불상들을 일일이 촬영해 하나의 이미지로 모은 결과를 처음 본 순간 온몸에 전율이 흘렀다. 우연의 일치인지 아니면 성파스님과 우리 선조들은 이미 알고 있었던 것인지, 표정이 각기 다른 불상들이 합쳐지면 하나의 표정으로 보인다. 수백 년 전의 불상에서 보았던 표정, 그 엷은 미소 그대로다. 깨달음을 얻고 해탈의 경지에 오른 부처의 표정이란 게 바로 이런 것일까? 모든 희로애락을 품은 온화한 미소 그 자체가 하나의 해탈한 부처다. 어쩌면 성파스님은 하나의 표정을 3천 개의 불상으로 나누어 보여주고 싶었는지도 모른다.

끊임없는 수행의 길

"수행자는 끊임없이 수행을 해야지. 나이가 들었다고 수행 안하고, 주지라고 수행 안 하나? 도자대장경도 물론 수행의 한 방편이기도 하지. 그렇다고 이게 완성됐으니 수행도 완성됐다? 아니지…… 오히려 완성된 후에 일이 더 많아. 더 수행하라는 뜻으로 알고 용맹정진 해야지."

스님의 수행 성적표와도 같은 차 사발 하나를 만드는 일도 끊임없이 마음을 다해야 한다는 점에서 예외일 수 없다. 작은 사발 하나를 만드는 것도 모든 과정, 매순간 집중해서 최선을 다하지 않으면 결국 못 쓰게 된다. 게으름과 안일함이 적나라하게 드러나는 까닭이다. 어찌 보면 그것은 채찍질이다.

찻잔 하나를 만드는 과정에 어느 순간 흐트러짐이 생겼더라도 가마에 들어가기 전까지는 표시가 잘 나지 않는다. 불을 만나고 가마에서 나와도 운이 좋아 표가 안 나기도 한다. 그런데 그 잔에 차를 담으면 여지없이 표를 내고 만다. 혼자서 사용한다면야 모르지만, 손님이 오셨는데 그 잔으로 차를 내드릴 수는 없는 노릇이

다. 그러니 처음부터 할 수 있는 노력을 다 하고, 그 초심을 끝까지 이어가는 것이 정답일 것이다.

늘 엷은 미소를 머금은 얼굴, 흡사 어린아이처럼 즐거운 표정으로 다니시는 성파스님께 주제 넘는 질문을 던져보았다. 꽉 들어차지 못하고 아직 한참 성글기만 한 어설픈 질문이었다. 성파스님의 눈빛이 한순간 매섭게 변했다.

"어떻게 살아야 될지를 왜 물어보는가! 어떻게 살아야 한다고 하면 그렇게 살 것인가? 그렇게 살고 싶기는 한가? 그런 생각 자체가 필요 없어. 얽매이지 마라. 더구나 어떻게 살아야 하는지를 모르는 사람이 어디 있나? 세상 모두가 이미 어떻게 살아야 하는지 다 알고 있어. 중요한 건 알고 있는 걸 실천하는 것이지."

이렇게 하면 남들한테 피해가 갈 텐데, 저렇게 하면 아내가 마음이 아플 텐데, 이건 나쁜 짓인데, 저건 떳떳하지 못한 행동인데……. 모르는 사람은 아무도 없다. 누구보다도 스스로가 어떻게 살아야 할지 제일 잘 알고 있을 것이다. 성파스님은 말한다.

"부처가 따로 있나? 실천하는 사람이 부처지."

오늘도 성파스님은 여느 수행자들과 다름없는 하루를 살아간다. 누구에게나 똑같이 주어진 시간은, 하루하루의 일상을 어떻게 채우는가에 따라 가치가 달라진다. 작은 것에 감사할 줄 알고 자신 앞에 던져진 일에 최선을 다하는 것. 노승은 그 소임을 올바로 인식하고 최대한 실천하는 것이 16만 도자대장경에 새겨진 내용을 공부하는 것보다 훨씬 더 가치 있는 일이라고 말한다.

각자의 깨달음으로

각자의 생김새가 다르고 세상만사가 제각각이듯, 깨달음에 이르는 길도 다 같을 수는 없다. 자기 깨달음은 자기만 찾는 것이다. 남의 깨달음은 결코 자신의 것이 될 수 없다. 비슷하게 흉내를 낼 수 있을 뿐이다. 차 사발 하나도 똑같은 게 없다. 사용되는 흙도 조금씩은 다를 수밖에 없고 똑같이 유약을 발라도 빛깔이나 질감은 각기 다르다. 똑같이 둥글게 만들어도 그 둥근 정도는 조금씩 차이가 나게 마련이다.

대장경 안에는 부처님 말씀이 모두 들어있다. 많은 사람들이 대장경 내용을 통해 각자의 깨달음에 쉽게 다가갈 수 있다면 스님은 더 바랄 게 없다. 사람이라면 누구나 자신만의 수행 방법이 있어야 한다. 수행자라고 공언을 하고 세속을 떠나는 것만이 수행이 아니라 일상 속에서 흐트러진 마음을 돌아보고 가다듬을 수 있다면 그게 곧 수행이고 깨달음에 가까이 이르는 것이기 때문이다.

자유 영혼이 부르는 노래

거리의 가수 이호준

기타와 악보는 분신이나 다름없어요.

내 영혼을 달래주는 마법과도 같은 녀석들이지요.

한편으론 자유를 부채질하는 얄미운 녀석들이기도 해요.

그것들이 있으면 세상 부러울 게 없는데,

손에서 떨어지면 전기가 방전된 듯 마음 한구석이 공허해집니다.

그의 이름은 이호준. 사람들은 그를 '노숙자 가수'라고 부르기도 한다. 그 말에도 일리는 있다. 그는 옷 몇 벌과 기타 외엔 가진 게 없다. 기타도 그나마 누군가 버린 걸 주워서 고쳐 쓰고 있다. 그래도 그는 가수다. 노래를 부르는 가수.

산이며 들이며 가고 싶은 곳 어디에서든 노래를 부른다. 기타만 있으면 굶어 죽지 않을 자신이 있다. 밥을 굶는 것은 아무렇지 않지만, 노래를 하지 못하는 것은 사지가 포박당하는 것만큼이나 두렵다.

바람이 어디서 멈추는지 보고 싶어 그 바람을 따라 정처 없이 돌아다닌다. 인생은 여행이고 여행은 자유라 생각하며 산다. 그에게 자유는 음악인데 그렇다면 그의 인생은 음악이 될 것이다. 누

구에게도 배운 적 없이 노래도, 기타도 혼자서 터득했지만 어디에 있든 그 누구 앞에서도 자신 있게 연주하고 노래를 부른다. 그것이 그가 살아가는 이유이기 때문이다.

발길이 멈추는 곳, 그곳이 내 집

이호준 씨는 고향을 떠나 많이도 돌아다녔다. 전국을 떠돌며 평생 발길 닿는 곳을 제 집 삼아 살아왔다. 그 사이에 강산은 변했고 여전히 변해가고 있다. 지금은 부산역에 잠시 머물고 있다. 부산은 참 묘한 곳이다. 전국 어디에도 없는 부산만의 독특한 분위기가 그를 사로잡는다. 기타를 메고 노래를 부르기 시작하면 보잘것없는 노래 몇 소절에 역을 지나는 사람들이 하나 둘 고개를 돌린다. 노래가 듣기 싫다고 그냥 지나쳐 가는 사람, 좀더 듣기 위해 발걸음을 멈추는 사람, 노래에 맞춰 춤을 추는 사람. 그 사람들 속에서 실컷 노래를 부를 수 있다는 사실만으로 그는 행복하다. 기타를 치며 자유를 만끽하는 그는 부러울 것이 없다.

부산역에 자리를 잡고 처음에는 많이 힘들었다. 터줏대감 격인 노숙자들과 시비도 많았고 다툼도 일쑤였다. 하루가 멀다 하고 싸움판에 휘말렸고 걸핏하면 애꿎은 스피커가 부서져 나갔다. 기타가 없어진 적도 악보가 사라진 적도 있었다. 그렇게 하루하루가 지나다보니 이제는 그들과 친구가 되었다. 그러고 보면 시간은 참 묘약인 것 같다.

부산역에 머물기로 마음먹었을 때는 몸뚱이 하나 내려놓을 곳만 있으면 충분하다고 생각했다. 노숙자들과 어울려 그들 옆에서 자기도 하고 밤이면 인적이 뜸한 지하도에서도 잤다. 그 나날들 속에 노래가 빠질 수는 없었다. '며칠 저러다 말겠지'라며 무관심했던 사람들도 점차 그를 알아보기 시작했다. 한 달이 지나고 두 달이 지나도 그는 계속 노래를 불렀다. 1년이 지나고 2년이 지나니 이제는 부산역 광장에서 그를 모르는 사람이 없게 되었다.

갈 곳도 없이 노래를 불러대는 그가 안쓰러웠는지 부산역 관계자들은 작은 공간이나마 먹고 잘 수 있는 장소를 한동안 쓰라며 내주었다. 언제고 훌훌 털고 떠나려면 짐이 많으면 안 되는데, 요즘은 짐이 점점 쌓여 고민이다. 노숙하는 친구들은 여기저기 굴러다니는 악보나 책이 눈에 띄면 챙겨두었다가 그에게 가져온다. 한 친구는 길에서 주워 온 밥통을 집들이 선물로 가져오기도 했다. 성의가 고마워 버리지도 못하고 장식품처럼 한쪽에 자리를 잡아주었다. 그를 부산역 최고의 가수라며 챙겨주는 이런 친구들 때문에라도 노래를 계속 불러야 한다. 이제 노래는 그가 '해야 할 일'이 되었다.

기타와 악보, 내 분신이나 다름없는 것들

처음에는 무작정 노래만 부르면 되는 줄 알았다. 하고 싶은 걸 하면 저절로 하루가 살아지는 줄 알았다고, 가수로 무대에 서는

작은사랑 큰기쁨
도와주
사랑회
노동조합
지하철 노동조합
모금함
OB

순간만 생각했다. 하지만 현실은 냉엄했고 저절로 살아지는 삶이 아니었다. 답답한 마음에 어디든 돌아다녀야 그나마 가슴이 트였고 그렇게 빈 가슴속을 노래로 채웠다. 기타를 튕기며 목이 터질 듯 노래를 부르다보면, 가끔씩은 가슴에 생긴 구멍으로 노래의 에너지가 슬금슬금 빠져나가기도 한다. 그럴 때면 그도 두려움을 느낀다. 그래서 마약처럼 다시 노래를 부르며 에너지를 충전한다.

"기타와 악보는 분신이나 다름없어요. 내 영혼을 달래주는 마법과도 같은 녀석들이지요. 한편으론 자유를 부채질하는 얄미운 녀석들이기도 해요. 그것들이 있으면 세상 부러울 게 없는데, 손에서 떨어지면 전기가 방전된 듯 마음 한구석이 공허해집니다."

쓰레기장에서 주워 겨우 살려낸 스피커에서 흘러나오는 그의 노래는 부산역 광장을 울리며 주변으로 점점 퍼져나간다. 매일같이 노래를 하다보면 결국 노래가 세상 끝까지 가 닿을 것만 같은 기분이 든다.

바람을 닮고 싶었던 발걸음이 부산에 머문 지도 벌써 몇 년이 흘렀다. 그 사이에 많은 일이 있었고, 세상도 조금씩은 변했다. 하지만 그는 변함없이 같은 자리에서 노래를 부르고 있다. 별반 관심을 끌지 못하지만 매일 노래를 부르는 것은 자신과의 약속이 되고 말았다. 비바람이 몰아치지만 않으면 공연을 이어간다. 스스로에게 가수라는 이름을 주었기 때문이다. 그 이름을 부끄럽게 하고 싶지 않다.

혼자서 하루 종일 노래 부르고 또 부른다. 얼마나 부르면 지겨

울까 시도해봤지만 시도는 늘 실패로 끝이 난다. 지겨움을 느끼기
도 전에 먼저 목이 아프거나 손가락이 부르튼다. 히트곡도 없는
초라한 가수라 늘 남의 노래를 더 많이 부른다. 그래도 틈나는 대
로 작곡한 노래가 제법 된다.

음반에 담은 생애 최고의 노래

명색이 가수인데 변변한 음반 한 장 없는 것이 늘 허전했다. 아
무리 욕심 없이 살자고 다짐하지만 기회가 닿는다면 자신의 이름
을 내건 음반 한 장쯤 갖고 싶은 마음이야 간절할 수밖에 없다. 그
랬던 그에게도 기회가 찾아왔다.

넉넉하지 않은 형편에 근근이 녹음실을 꾸려가는 한 후배가 틈
틈이 시간 날 때마다 녹음해서 음반 하나 만들자며 넉살 좋게 손
을 내민 것이다. 거절하는 게 옳은지, 덥석 받아들이고 무작정 열
심히 불러야 할지를 고심하던 중에 그는 스튜디오에 끌려 나갔
다. 스튜디오 안에서 부르는 노래는 광장에서와는 사뭇 달랐다.
내세울 건 없어도 항상 기죽지 않고 살아온 그가 그토록 긴장하
는 것도 처음 있는 일이었다. 관객 한 명 없는데도 왜 그렇게 떨
렸던 걸까.

"생애 최고의 노래를 부르고 싶었죠. 시간이 멈췄으면 좋겠
고…… 그 방을 나서면 다시 돌아오지 못할 것 같아서 그랬던 것
같아요. 내 음반이 생기는 것도 좋지만, 무엇보다 그렇게 노래할

수 있다는 게 미칠 듯이 행복했어요."

그동안 써두었던 곡을 녹음하는 거라 금방 끝날 줄 알았지만 막상 녹음을 해보니 이런저런 문제들이 드러나기 시작했다. 소리도 마음에 안 들고 작곡도 부족한 것 같아서 자꾸 수정을 하다 보니 한 해를 넘기고 말았다. 음반 작업을 도와준다는 분들이 많아 올해 안에는 뭐가 나와도 나올 것 같다. 단 한 장이 나오더라도 그 한 장의 앨범을 많은 사람들이 함께 듣는다면 그는 더이상 바랄 게 없다.

한잔 술에 담긴 하루 그리고 자유의 삶

"내 형편에 소주 값은 늘 동전을 탈탈 털어내야 하죠. 그 맛을 사람들은 죽었다 깨어나도 모를 거예요. 돈이 많으면 자유도 살 수 있다고 생각하지만, 그럴수록 자유는 더 멀찌감치 달아난다니까요."

한잔 술에 하루를 담아 마신다. 오늘 하루의 맛은 싸한 맛이다. 그의 생각에는 소주 한잔 제대로 걸칠 줄 모르는 사람들이 너무나 많다. 술도 쫓기듯 마시고, 술을 마시면서 머릿속으로는 뒷일을 걱정한다. 사람들은 점점 술 한잔 할 줄 모르는 바보가 되어가는 것만 같다. 역 광장을 지나는 사람들을 볼 때도 아쉽기는 마찬가지다. 다들 무언가에 쫓기듯 걸음을 재촉하며 빠르게 지나쳐간다. 그곳에서 느리게 걷는 사람은 오직 그와 노숙자 친구들뿐이다. 천

생애 최고의 노래를 부르고 싶었죠.
시간이 멈췄으면 좋겠고……
그 방을 나서면 다시 돌아오지 못할 것 같아서 그랬던 것 같아요.
내 음반이 생기는 것도 좋지만,
무엇보다 그렇게 노래할 수 있다는 게
미칠 듯이 행복했어요.

천히 걸어보면 따스함을 머금은 오후의 햇살이 등을 타고 넘으며 마음을 한껏 간질이는 걸 느낄 수 있다. 노래를 부를 때만큼이나 그 순간도 자유로 물든다.

취미로도 할 수 있는 노래를 무엇 때문에 기를 쓰고 부르는지 이해하지 못하는 사람들은 무작정 그를 동정한다. 오갈 데 없이 떠도는 그를 위로하고 감싸주려고 한다. 평온한 일상에 만족하는 사람들은 일상의 울타리 밖에 있는 그를 낙오자라 생각한다. 미안하지만, 그건 착각이다. 그는 '자유'라는 자신의 길을 가는 것일 뿐, 낙오자라는 생각은 하지 않는다. 비싼 아파트와 멋진 자동차, 좋은 직장이 이 시대가 원하는 이상적인 삶의 요소일 수 있다. 그 안에서 자유를 찾는 사람들도 많이 있다. 하지만 그는 그들과 다른 길을 택했을 뿐이다. 세상에 대한 욕심 없이 노래를 통해 자유를 누리는 그의 영혼은 그것들에서 만족을 찾지 못한다. 자유 영혼을 따라 고이지 않고 흘러가는 삶. 이호준 씨가 생각하는 자유의 진면목을 사람들은 쉽게 인정하려들지 않지만, 실은 그도 남에게 인정받아야 할 필요를 느끼지 않는다. 그저 자신의 영혼이 자유롭다면 그것으로 만족한다.

이제 자유는 흔한 말이 되었다. 자유는 자신에게 들이닥친 삶의 소소한 일상에서 얼마든지 찾을 수가 있다. 하지만 생각만으로는 절대 누릴 수가 없다는 게 자유의 속성이다. 자유를 누리려면 무엇보다 용기 있는 행동이 필요하다. 그리고 그 행동이 만든 결과와 이미 벌어진 현실에 후회하지 않을 자신이 있어야 한다. 적

어도 그는 자유를 향유할 용기가 있는 사람이 분명하다. 가수로
살다, 가수로 죽고 싶다는 이호준 씨. 그는 원 없이 노래하고 그것
으로써 내일의 심장을 뛰게 하고 싶을 뿐이다.

춤으로 꿈을 꾸는 소녀

춤꾼 권보배

강렬한 비트의 음악 사이로 보배가 춤을 춘다.

열아홉 살 권보배는 춤꾼을 꿈꾸는 소녀다.

춤이 좋아서 춤만 출 수 있는 인생을 시작했다.

후회 없이 춤을 추는 것. 그것이 바로 보배가 원하는 전부다.

한 무리의 춤꾼들이 정신없이 춤을 추고 있다. 쉴새없이 몸을
움직이는 그들의 몸에서 뿜어져나온 열기가 연습실 공기를 후끈
달아오르게 한다. 뜨거운 공기가 쌀쌀한 바깥 날씨와 만나 연습실
전체를 둘러 싼 거울은 뽀얀 습기로 가득하다. 뿌연 거울 속으로
보배 얼굴이 언뜻 비치고 지나간다.

강렬한 비트의 음악 사이로 보배가 춤을 춘다. 열아홉 살 권보
배는 춤꾼을 꿈꾸는 소녀다. 춤이 좋아서 춤만 출 수 있는 인생을
시작했다. 후회 없이 춤을 추는 것. 그것이 바로 보배가 원하는 전
부다.

연습실에서 만난 보배. 작은 체구에 앳된 얼굴이 영락없는 개구쟁이 소녀다. 보배 주변으로 하나 둘씩 나타난 춤꾼들은 서커스에서나 봄직한 동작으로 스트레칭을 하거나, 거친 숨을 몰아쉬며 한 동작만 수십 번째 반복하고 있다. 이들 모두는 최고를 꿈꾸는 춤꾼들이다. 그 가운데에서 보배도 맹연습 중이다.

춤이 너무 좋은 보배는 대학까지 포기하고 춤을 선택했다. 대부분의 학생들이 대학 진학을 위해 10년이 넘게 공부만 하는데, 보배는 그렇게 시간을 허비하고 싶지 않았다. 부모님은 대학에 가서도 원하는 춤을 얼마든지 출 수 있다며 보배를 설득해보기도 했지만, 딸의 마음이 워낙 확고한 데다 춤으로 성공하겠다는 각오도 단단해서 결국 동의하고 말았다.

남들이 다 가는 대학, 누구나 당연히 가야 된다고 생각하는 대학을 보배는 미련도 없이 포기했다. 오로지 춤을 추기 위해서다. 권보배는 대단한 녀석이 틀림없다.

춤꾼, 아무나 되는 게 아니야

공부 대신 춤을 선택하고 나니 많은 부분에서 변화가 찾아왔다. 일단 연습생 신분으로 춤을 배우게 되니 강사 선생님도 전과는 달리 엄하게 대하신다. 이제는 진짜 댄서가 되는 과정에 들어

온 것이니 당연한 일이다. 고등학교에 다니면서 학원처럼 오갈 때는 지각이나 결석을 해도 별문제가 없었지만 지금은 안 될 말이다. 화장실 청소는 물론 연습실 정리도 해야 하고 그런 외중에 연습량은 언제나 보배가 제일 많다. 그래도 지루할 틈이 없다. 선생님은 다른 연습생들이 다 빠져나간 후에도 남아 있는 보배에게 남들이 모르는 춤 동작을 하나씩 더 가르쳐주신다. 그래서인지 보배는 매일매일이 늘 새롭고 기대에 차 있다. 하루에 하나씩만 배워도 일년이면 엄청난 수다.

연습생의 하루는 물론, 피곤하다. 이렇게나 몸이 힘들 줄은 몰랐다. 처음 얼마 동안은 집에 가면 씻는 것도 뒤로하고 그대로 뻗어버렸다. 피로가 계속 쌓여서인지 낮에는 춤에 집중하기도 힘들었다. 예전에는 미처 알지 못했던 체력의 한계를 많이 느끼게 되었다. 그래도 연습실 생활에 점차 익숙해지면서 컨디션도 점점 나아지는 것 같아 다행이다. 요즘엔 집에 가면 인터넷도 하고 엄마가 챙겨주시는 간식도 먹고, 언니랑 수다도 실컷 떨다 잠이 든다. 춤을 제대로 추기 위해서는 체력 운동이 얼마나 중요한지 확실히 깨달았다.

아빠는 너를 응원할 것이다

처음에 엄마, 아빠는 그저 당황스러울 뿐이었다. 보배가 춤을 좋아한다는 건 알고 있었지만 대학까지 포기하고 춤을 선택하리

라고는 상상도 하지 못했다. 말려도 보고 타일러도 보고 야단도
쳐보았지만 춤을 선택하는 이유와 춤에 대한 열정을 말하는 딸의
태도는 여태껏 보지 못했던 진지함으로 무장한 것이었다. 어린애
답지 않게 너무나도 단호했다.

　부모님은 그런 딸의 마음을 돌리려 애쓰기보다는, 차라리 세상
누구보다 열성팬이 되어 딸을 응원하기로 마음을 바꾸었다. 얼마
전에는 보배가 쓰던 방을 정리해 언제든지 춤을 출 수 있는 연습
실을 만들어주었다. 보배에게는 부모님의 사랑이 담긴 연습실이
하나 더 생긴 것이다. 그 연습실에서 못다 한 연습도 하고, 흐트러
진 마음을 다잡기도 한다.

　엄마는 교통카드 한 장 달랑 들고서 새벽같이 집을 나서는 딸
이 밥은 제대로 먹고 다니는지 여간 신경이 쓰이는 게 아니다. 한
밤중이 되어서야 돌아오는 보배를 내내 기다렸다가 과일 한 쪽이
라도 먹이고서 겨우 잠을 청한다. 세상 물정 모르고 한없이 어린
줄만 알았던 작은딸이 힘들단 소리 한번 안 하는 걸 보면 대견하
기만 하다. 가끔씩은 그런 딸 생각에 코끝이 찡해온다.

클럽에서의 보배

　보배는 학창 시절 친했던 친구들과 가끔씩 힙합클럽을 찾는다.
함께 모이는 친구들은 보배를 제외하면 모두 대학생이다. 이제 갓
성인이 된 대학 일년생들이 그렇듯 친구들은 하이힐에 진한 화장

부모님은 보배의 마음을 돌리려 애쓰기보다는,
차라리 세상 누구보다 열성팬이 되어 딸을 응원하기로 마음을 바꾸었다.
얼마 전에는 보배가 쓰던 방을 정리해
언제든지 춤을 출 수 있는 연습실을 만들어주었다.

으로 한껏 멋들을 부리지만 보배는 항상 청바지에 운동화 차림이다. 친구들은 보배의 이런 모습에 이제는 익숙해져버렸다.

까마득한 선배들이 즐비한 연습실에서 보배는 아직 햇병아리 신세지만, 클럽 무대에서는 사정이 좀 다르다. 일단 보배가 나서면 무대는 저절로 비워진다. 웬만한 사람은 엄두도 못 낼 화려한 동작과 귀청을 때리는 음악보다도 강렬한 춤사위로 사람들 시선을 단번에 사로잡는다. 음악이 끝나면 자신의 춤에 환호를 보냈던 사람들에게 언제 그랬냐는 듯 수줍은 미소만 보이고 슬쩍 자리를 빠져나온다. 얼핏 보기에는 꼬마 아가씨인데 춤 솜씨만은 프로급이다. 보배는 눈치 안 보며 춤을 추고 싶을 때면 이렇게 클럽에 와서 겨우 물 한 잔만 마시고 돌아갈 때까지 실컷 춤만 추곤 한다.

"춤이 그냥 좋아요. 한없이 자유로운 느낌이 들죠. 한때 좋았다가 마는 거 아닌지 스스로 고민도 해봤어요. 춤을 잘 춘다고는 생각 안 해요. 연습만이 답이죠. 근데 춤이 아니면 아무것도 못할 것 같아요."

어중간한 건 싫다

가끔씩은 보배도 대학에 진학한 친구들이 부러울 때가 있기는 하다. 다름 아닌 미팅했다는 이야기를 들었을 때가 그렇다. 미팅은 대학생들만의 특권인 것 같은 그런 느낌이 있다. 그것말고는 대학 생활이나 대학생이란 사실이 그다지 부럽지 않다.

보배가 대학을 포기한다고 했을 때 주위에서는, 춤을 배울 수 있는 학과에 진학하거나 혹은 다른 전공을 선택하더라도 춤은 공부하면서도 충분히 출 수 있다고 말했다.

하지만 보배의 생각은 좀 달랐다. 춤을 추기 위해서라면 대학을 선택하는 건 낭비인 것 같았다. 게다가 하루 종일 춤에만 빠져 있고 싶었다. 아무리 생각해도 연습이 생활이 되고 일이 되는 게 더 나은 것 같았다. 언제가 될지 아직은 모르지만 어느 정도 춤을 자기 걸로 만들고 나서, 그 춤을 더 발전시키기 위해 다른 분야의 지식이 필요하다면 그때 필요한 걸 배우러 대학에 가면 된다고 생각했다.

"대학이 아닌 춤을 선택한 것이 오히려 제게 더 도움이 될 것 같아요. 대학 생활 하면서 춤도 어중간하게 배우고, 지금과는 비교도 안 되는 몸 상태로 다시 시작하는 건 너무 돌아가는 것 같거든요. 다른 건 몰라도 지금 제가 해야 될 일이 춤이란 건 확실한 것 같아요."

'B-girl'을 제외하고 보배가 추는 분야인 힙합(Hip-hop)이나 스트리트 댄싱(Street Dancing)에서는 여자가 크게 두각을 나타내기 힘든 게 사실이다. 남자들에 비해 선천적인 약점을 가지고 출발하기 때문이다. 힘도 부족하고 체격도 왜소하다. 그래도 연습으로 극복할 수 있다는 희망을 갖고 한번 해보려고 한다. 그래서인지 몰라도 요즘에는 미래의 라이벌이라 여겨지는 여자 선배들이 많이 눈에 띄기 시작했다.

보배가 은행에 간 까닭은?

보배는 얼마 전에 처음으로 춤을 춰서 돈을 벌었다. 행사에 초대받아 연습실 친구들과 함께 힙합걸이 되어 무대가 좁다고 느껴질 만큼 신나게 춤을 추고 번 돈이다. 지금도 춤만으로 돈을 벌었다는 게 믿기지가 않는다. 막상 무대에 섰을 때는, 마냥 춤만 출 수 있어 좋았던 때와 달리 묘한 긴장감이 찾아왔고 그 시간이 어떻게 지나갔는지 기억도 잘 나지 않는다.

춤을 춰서 번 돈을 받아드는 순간 엄습해오던 책임감과 부담감의 무게. 그것이 무엇을 의미하는지 아직은 어렴풋하지만 그 기분만큼은 제대로 느껴보았다. 프로 춤꾼으로서 처음 경험한 무대의 흥분과 떨림 그리고 그 끝에 찾아온 뿌듯한 포만감은 오래도록 잊지 못할 것이다.

처음 번 돈을 한 푼도 쓰지 않고 고스란히 저금할 생각으로 은행을 찾은 보배는, 통장을 개설하기 위해 그렇게 많은 빈칸들을 채워야 하는지 처음 알게 되었다. 얼마 되지 않는 돈이지만 혼자 힘으로, 그것도 춤으로 번 돈이 너무 소중해 절로 배가 불렀다. 한편으로는 춤으로 성공한다는 것은 쉬운 일이 아니라는 사실이 피부에 와 닿기도 했다.

남들은 춤에 무슨 가치가 있냐고 생각할 수 있지만, 그들이 가치를 가늠할 수조차 없는 춤이란 게 보배에게는 세상의 전부다. 10년, 20년 후에 어떤 모습일지 알 수 없고, 대학을 포기하고 춤을 선택한 지금의 결정이 어떤 결과를 가져올지도 알 수 없다. 잘한 선택이든 아니든 제 인생은 자기 스스로가 그려나가는 것이니 후회는 하고 싶지 않다. 살아가며 채워야 할 삶의 빈칸은 수없이 많을 것이다. 춤에 대한 열정을 잃지 않고 그 빈칸들을 차근차근 채워나가고 싶다.

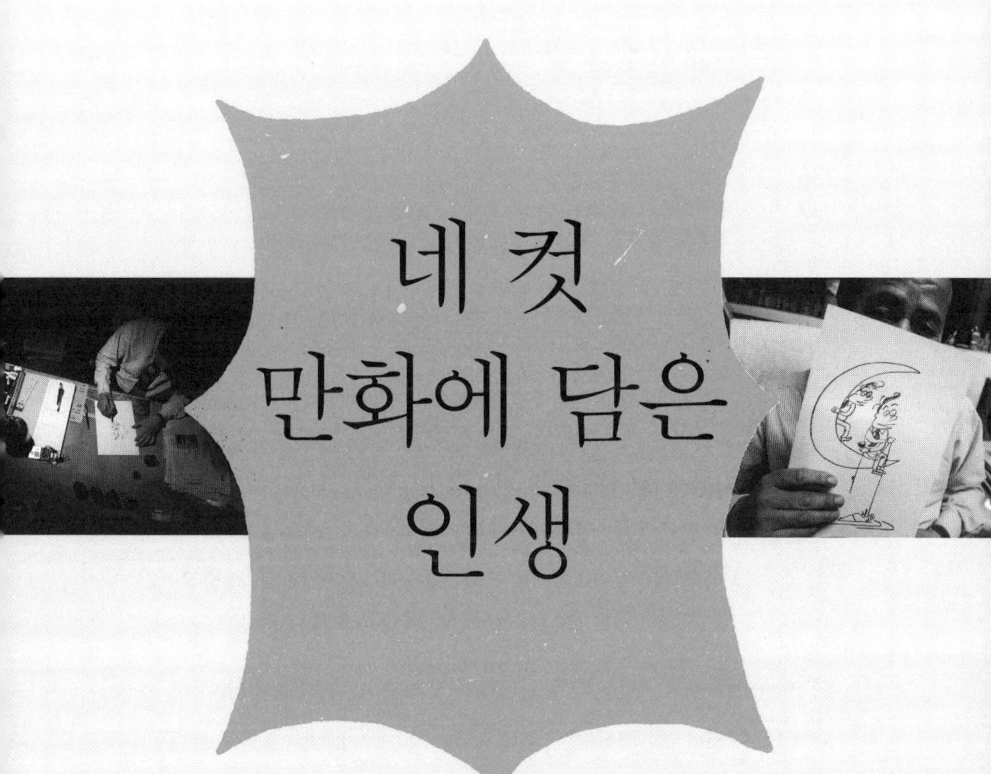

네 컷
만화에 담은
인생

시사만화가 안기태

시사만화가라는 이름을 달고 있는데

세상에 필요한 이야기를 제대로 못한다면 내 존재 가치가 없다고 생각했죠.

어설픈 사명감이나 직업정신도 아니에요.

다만 그렇게 하지 못하면 만화가라는 내 자신한테 제일 부끄러울 것 같았어요.

네 칸 만화에 우리네 삶과 자신의 인생철학을 담아온 한국 시
사만화계의 원로 안기태 화백. 그는 네 칸짜리 만화를 그리며 한
시대, 시사만화의 전성기를 열었던 사람이다. 네 컷에 세상을 담
는 일이 가능할까 싶지만 하루도 빠지지 않고 그는 세상과 이야기
를 나누었다. 요즘은 한 컷짜리 시사만평이 그 명맥을 유지하고
있지만 이전에 네 컷짜리 그의 시사만화는 독보적이었다. 촌철살
인의 비유와 시대를 정확히 꼬집어내는 풍자와 유머로 일반 기사
글이나 칼럼에서 하고 싶어도 못 하는 말을 대신했다. 만화에 담
긴 메시지는 강렬했고 오랜 세월 독자들과 시대의 고민을 나누었
다. 그에게 삶과 만화는 둘이 아닌 하나였다.

화백의 집 안은 온통 세계 도처에서 사 모은 책과 자료들로 가득하다. 그 자료들이 바탕이 되어 그의 시사만화는 근 30년간 일간신문을 통해 독자들과 만났다. 흔히 하는 말로 시대를 풍미했다.

사람들에게 깊은 인상을 남긴 만화가의 일상은 예나 지금이나 변함이 없다. 30년 전과 똑같이 문구점에 들리는 일상도 같다. 손끝에서 나오는 만화는 기술이 아무리 발전해도 오래전 방식 그대로 작업한다. 하루하루 전쟁 같은 마감에서 벗어나면 세상이 여유로 가득할 줄 알았는데 막상 닥치고 보니 그렇지도 않다. 미뤄두었던 고민들을 하나 둘씩 꺼내 작업으로 펼치다보면 바쁘긴 매한가지다.

요즘은 전업 만화가가 아닌 순수 시사만화 클럽회원들과 함께 대규모 전시회를 열어 일반 시민들이 시사만화와 교감하는 일에도 열정을 쏟고 있다. 안기태 화백의 실력을 높이 산 한 여성신문사는 그를 다시 시사만화가로 고용해 보다 많은 사람들이 그의 만화를 볼 수 있게 배려하고 있다.

만화가 좋아서 시작한 일이지만 지난 30년 동안 매일매일 편하게 지나간 날은 하루도 없었다. 늘 고민을 달고 살아왔다. '오늘 하루 이 땅에서 만인의 가슴을 관통하는 이야기가 뭘까, 그걸 어떻게 표현해야 하나, 내가 정확하게 이해는 하고 있나'. 그의 일상은 여전히 이런 고민들이 화두처럼 머릿속에 묵직히 따라다닌다. 만화를 그리는 이상 이런 고민이 바뀔 일은 없을 것 같다.

"만화라는 도구는 쉬운 것 같으면서도 어렵고, 어려운 것 같으면서도 의외의 순간에 간단하게 풀리는 매력이 있더라고요. 꼭 만화라서가 아니라 세상을 나름대로 해석하고 우화적으로 표현하는데 사람들이 어떻게 생각할지에 대한 부담과 걱정이 큽니다."

해직과 테러 그래도 멈추지 않는 작업

어린 시절 외국에서 들어온 만화를 보며 그는 만화가의 꿈을 키웠다. 그림에 소질이 있었는지 글보다는 그림이 더 빨리 늘었다. 작은 꼬마였던 그는 누가 시키지 않았는데도 1부터 10까지 숫자를 만화로 그려 부모님께 보여드리기도 했다. 아이의 솜씨라고는 믿기지 않을 만큼 훌륭했지만, 걱정이 앞섰던 부모님은 오히려 그를 만화와 떨어뜨려 놓으려 애를 썼다. 하지만 그의 손은 늘 만화를 그리고 있었고, 친구들 사이에서는 이미 만화가로 통했다. 결국 1973년 만화 전문기자가 되어 본격적으로 만화를 그리게 되면서 그는 오랜 꿈을 실현할 수 있었다.

하지만 1980년 8월, 안기태 화백은 정권에 반하는 내용의 만화를 그렸다는 이유로 신군부에 의해 강제 해직되어 신문사를 떠나야 했다. 수개월이 흘러 정권에 반하는 만화를 그리지 않겠다는 약속을 하고서야 만화를 계속 그릴 수 있었다. 신문사를 옮기고

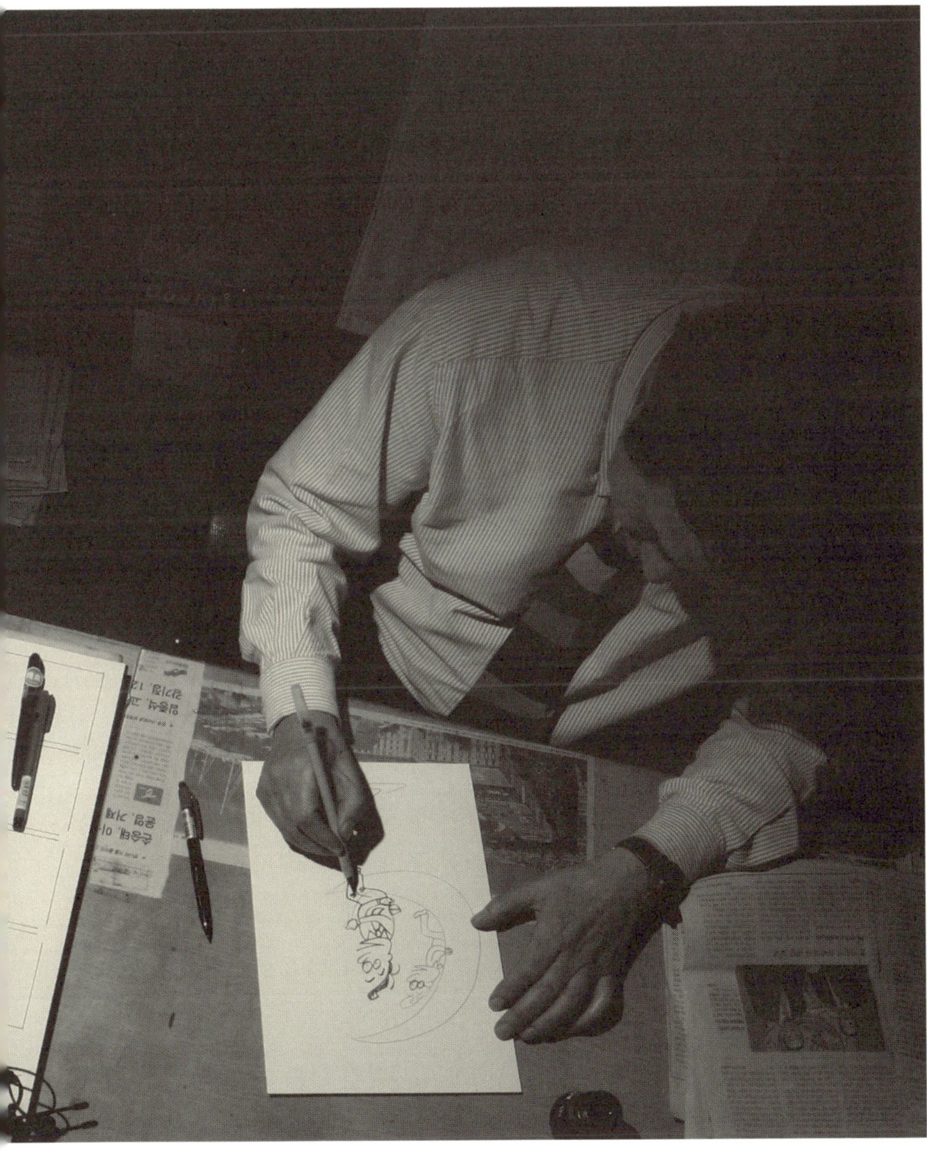

시사만화를 다시 연재하기 시작한 그는 전보다 더 세상의 정곡을 날카롭게 찌르는 데 열을 올렸다. 그에게는 아침에 만날 독자들이 가장 중요했다.

"시사만화가라는 이름을 달고 있는데 세상에 필요한 이야기를 제대로 못한다면 내 존재 가치가 없다고 생각했죠. 어설픈 사명감이나 직업정신도 아니에요. 사실 그런 게 어떤 감정인지 잘 몰라요. 다만 그렇게 하지 못하면 만화가라는 내 자신한테 제일 부끄러울 것 같았어요. 누군가 그게 기자정신이라고 하던데, 난 기자이기 이전에 한 사람의 소시민일 뿐이고, 세상 돌아가는 속에서 살 수밖에 없는데 따지고 보면 스스로에게도 필요한 이야기를 하는 것뿐이죠."

한때는 그의 만화에 앙심을 품은 괴한이 퇴근길에 습격, 둔기로 테러를 가하는 일도 있었다. 한국 시사만화가 중 유일하게 테러를 당한 기록까지 남기게 된 상황에서도 안기태 화백은 펜을 놓지 않았다. 아무 일 없다는 듯 세상 보기에 더 열을 올렸고 하루도 거르지 않는 지구력으로 주변을 놀라게 했다. 그 결과 그는 한국 시사만화사에 한 획으로 남을 만한 '피라미'와 '어리벙 씨'라는 두 주인공을 탄생시켰다. 힘없고 약한 서민의 상징인 이 캐릭터들은 만화가의 손끝에서 탄생해 30년 넘게 독자들과 만나왔다.

최근에는 다시 불거진 독도 문제를 다룬 만화책《민족의 닻 독도》를 출간했다. 누가 봐도 친근하고 이해하기 쉬운 이 만화는 소리 없이 유명세를 탔다. 화백은 터무니없는 일본의 독도 주장에 대해 독도가 우리 땅이라는 원론적인 주장만 할 것이 아니라 그 근거와 배경을 다음 세대에 쉽게 전해주는 데 만화 이상 친근한 매체가 없다고 생각했다. 이것이 계기가 되어 그동안 큰 위인들에 가려 상대적으로 조명되지 못 했던 일제 강점기에 각 지역에서 나라를 위해 몸을 바친 위인들에 대한 작업을 새로 이어가는 중이다.

사람들은 시사만화라고 하면 딱딱한 정치 이야기나 하는 만화라고 생각한다. 주로 신문을 통해 보기 때문인데, 실상 그 안에는 우리네 세상 이야기가 담겨 있고 서민들의 애환이 녹아 있다. 그의 만화는 정치와 권력, 사회구조의 모순, 불합리 등을 깊은 혜안과 특유의 위트로 담아냈다. 누구나 공감하는 현실의 문제들을 시원하게 그려냈고, 시퍼렇게 날이 선 칼날 같은 냉철함으로 서민들의 목소리를 대변했다. 먼 훗날 후손들이 그의 만화를 본다면 사회풍속화처럼 느낄지도 모를 일이다.

"제가 잘나서 세상 이야기를 이렇네, 저렇게 하는 건 아니에요. 사람 사는 게 다 비슷할 텐데 가감 없이 그대로만 파고들어도 훌륭하다고 봅니다. '삶에 대한 성찰'이라고 보통 그러잖아요? 그렇게 말할 수 있는 깊이가 저한테 충분한지는 모르겠어요. 그저 보고 느끼고 생각하는 것을 어떤 아이디어를 써서 표현할까, 그런 고민을 합니다. 고민하고, 그리고…… 그뿐입니다."

시사만화는 흔히 그냥 만화가 아니라 카툰이라는 말을 많이 쓰는데, 카툰이란 것은 시대의 정신과 고민을 만화가의 시선으로 포착해 풍자적으로 표현하는 것이다. 기껏해야 한두 컷, 많으면 네 컷으로 승부를 봐야 한다. 독자들이 그것을 보고 느끼는 10초 안팎의 짧은 시간 안에 가슴을 탁, 치는 쾌감을 줘야 성공한 카툰이 된다. 시각적 재미도, 담고 있는 의미도 모두 전달해야 한다. 고민에서 고민으로 이어지는 한 컷의 카툰 그리기는 예술의 반열에 오르기에 충분해 보인다.

지난 2005년 부산 APEC 정상회의에 참석한 21개 국 세계 정상들의 캐리커처를 통해 다시 한번 그는 그의 만화가 지닌 매력을 확인시켜줬다. 인물의 특징과 회의에 참석하는 각자의 입장을 그만의 해학으로 표현해 높은 인기를 끌었던 것이다.

"그게 어느 한순간에 나오진 않죠. APEC 이전부터 내가 느끼는 각국 정상들의 특징을 모았어요. 만화가는 항상 세상을 탐지해야 하잖아요. 결과적으로 많은 사람들이 캐리커처에 호응하는 모습을 보면서 '아 내가 어느 정도는 시대의 공감대에 들어있구나, 동시대의 시선을 가지고 있구나' 하는 안도감도 들었어요. 좋은 경험이었죠."

안기태 화백의 손은 늘 허공에서 논다. 9,201회 동안 그의 머릿속에 살았던 캐릭터를 그리는 것이다. 셀 수 없이 그렸지만 그래도 늘 새롭다. 9,201회라는 횟수만큼이나 새롭게 살아난 캐릭터들의 생명력은 그의 지칠줄 모르는 희망에의 의지가 아니었을까.

사진 촬영을 위해 화백을 직접 만났을 때는, 그 모습이 만화의 주인공 캐릭터와 많이 닮아 혹시 스스로를 그린 것은 아닌지 궁금했다. 한 시대를 끌어안고 치열하게 작업하는 동안, 그는 어쩌면 스스로 만화 속으로 녹아들어 만화와 삶이 서로 닮아가기를 원했던 건 아닐까 하는 생각이 들었다.

"그러고 보니 저하고 비슷하게도 보이네요. 저를 모델로 하진 않았는데. 시간이 지나면서 나도 모르는 사이 선이 하나하나 닮아가지 않았나, 그런 생각이 드네요. 어쩔 수 없는 일이죠. 자연스럽게 그렇게 된 것 같아요. 재미있네요."

지금껏 과연 잘해온 건지 의문이 들 때도 있지만 누구에게도 부끄럽지 않을 만큼 열심히 했다 말할 수 있는 삶이었다. 사람들의 아픈 상처와 한을 담아내려고 최선을 다했기 때문이다. 만화를 그리는 동안은 자신이 믿는 바에 흔들림이 없어야 한다고 생각했다. 그가 염원하는 세상은 불의가 사라지고, 타인의 이야기에 귀를 기울이며, 아픈 곳을 어루만져주는 성숙한 모습을 하고 있는 세상이다. 톡 쏘는 세태 풍자, 탁월한 위트와 해학이 한데 어우러

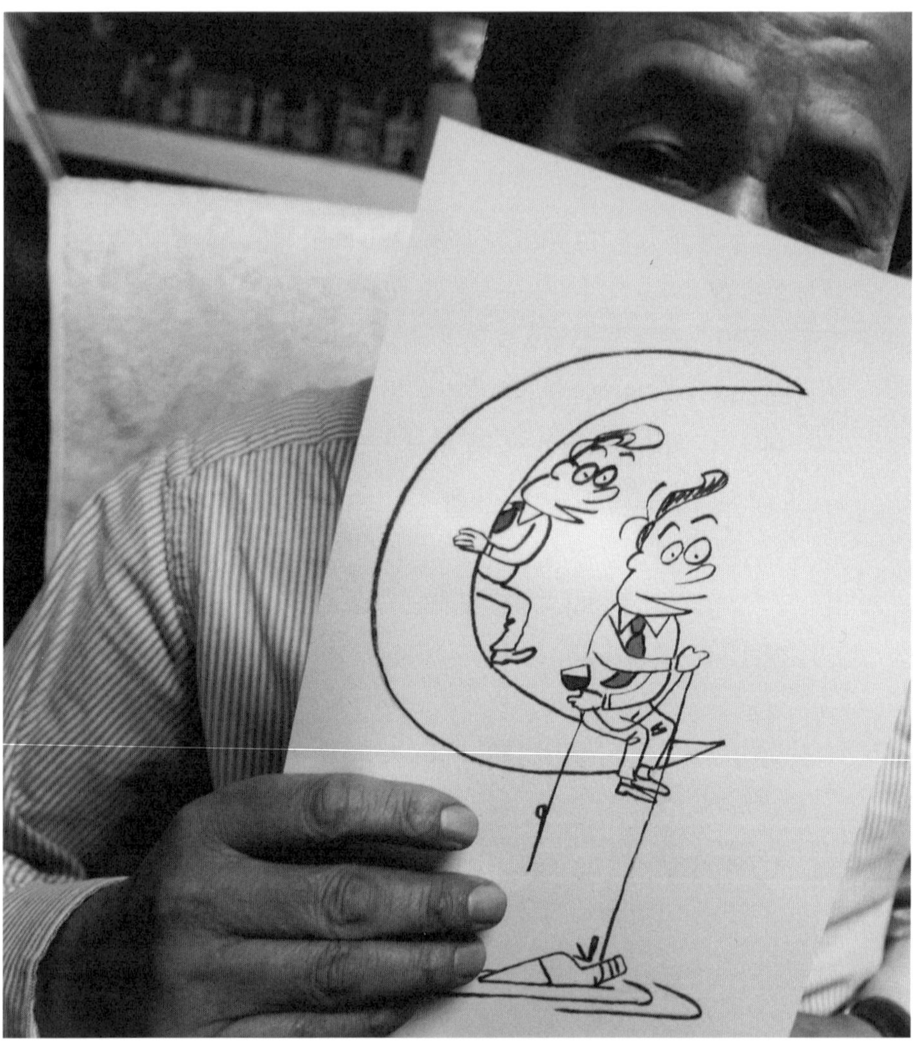

지는 한 컷 세상 속에는 오늘도 그가 살고 있다.

"아프리카 여행을 꼭 한 번 갔으면 좋겠어요. 지겹도록 아프리카를 보고 또 보고 싶어요. 아프리카 하면 떠오르는 강렬한 원색의 이미지는 생명력을 느끼게 하죠. 글이나 그림으로 표현할 수 없는 에너지가 넘치는 것 같아요. 사람이 살아가는 근본적인 에너지 같은 게 넘치는 그런 느낌. 아직 안 가봐서 모르겠지만 지금 내 머릿속의 아프리카는 그런 것으로 가득 차 있습니다."

그래서일까, 요즘 그의 만화에는 아프리카가 자주 등장한다. 순전히 상상만으로 그려내는 아프리카를 지인들에게 보여주며 의견을 묻는 자리가 부쩍 늘었다. 화가 피카소가 그랬고 마티스도 그랬다. 그들은 말년에 접어들수록 아프리카에 집착했다. 아프리카가 가진 원초적인 에너지를 포착해 화폭에 담아냈다. 아프리카의 알 수 없는 무언가가 그에게 강렬한 꿈을 꾸게 한다. 안기태 화백은 당장이라도 답을 찾기 위해 아프리카로 떠날 듯한 모습이었다. 종이와 펜만 가지고서도 아프리카를 원 없이 담을 것이다. 꼭 그려보고 싶다는 아프리카 원주민의 초상이 곧 탄생하기를 기대해본다.

야구에 살고 야구에 죽는 사람들

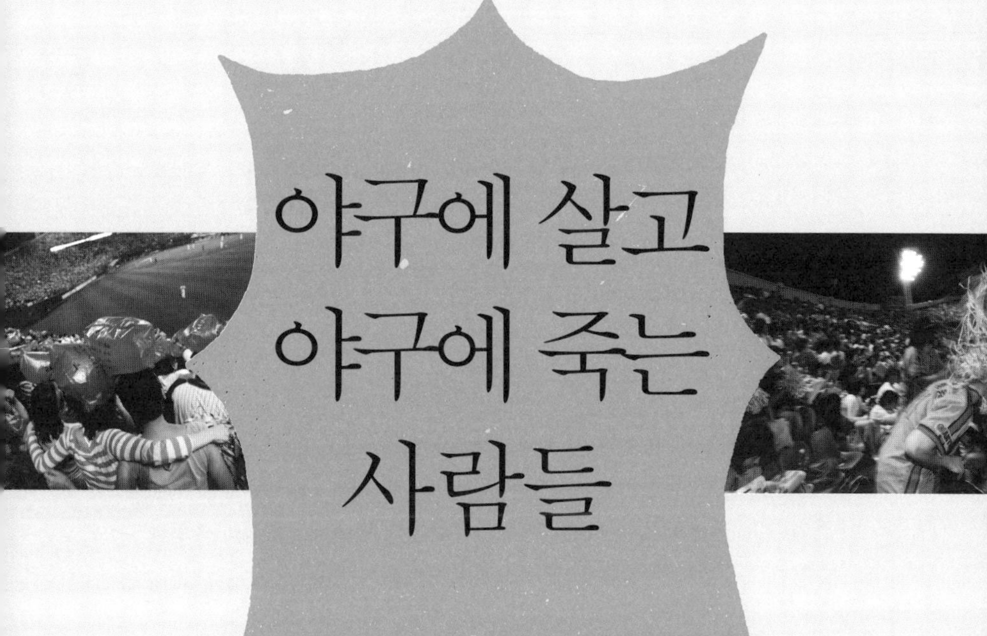

부산 갈매기

한낮의 땡볕도 부산갈매기들을 막을 수는 없다.

'야生야死', 야구에 살고 야구에 죽는 사람들.

왜 부산 사람들이 야구에 열광하는지 명쾌한 답을 내놓는 사람은 아직 없다.

부산갈매기들은 그저 야구를 '즐길' 뿐이다.

2008년 홈경기 누적 관중 수 132만 6,213명을 기록한 롯데 자이언츠. 한국 야구사에 길이 남을 만한 엄청난 기록을 만들어낸 장본인은 두말할 것도 없이 '부산갈매기'로 불리는 부산의 야구팬들이다. 언제부턴가 부산의 야구 열기는 한국의 야구 열기를 대변하기 시작했다. 롯데의 성적에 따라 그 해 야구 인기가 좌우된다는 소리도 나올 법하다.

봄, 야구 시즌이 시작되면 롯데의 홈구장인 사직야구장은 말 그대로 난리가 난다. 매회 매진을 기록할 뿐 아니라 이제는 하나의 문화로 자리잡은 부산갈매기들만의 기상천외한 응원전이 펼쳐지기도 한다.

사직야구장은 타 구장에 비해 관중 입장 시간이 두 시간이나 더 빠르다. 일찌감치 야구장을 찾은 수백 명이 버티고 섰으니 하는 수 없이 입장 시간을 앞당겼다. 한꺼번에 너무 많은 사람이 몰리면 사고 위험이 높기 때문이다. 경기 시작 한 시간 전이면 이미 모든 자리는 꽉 들어찬다. 세계적인 응원이 된 '파도타기'는 사직에서 시작해 전세계로 수출됐다.

한낮의 땡볕도 부산갈매기들을 막을 수는 없다. '야生야死', 야구에 살고 야구에 죽는 사람들. 왜 부산 사람들이 야구에 열광하는지 명쾌한 답을 내놓는 사람은 아직 없다. 부산갈매기들은 그저 야구를 '즐길' 뿐이다.

진짜 갈매기와 가짜 갈매기의 차이를 아시나요?

일사불란한 군인들의 절도 있는 동작을 뛰어넘는 부산갈매기의 퍼포먼스. 온갖 응원구호와 동작을 처음 접하는 3만 명이 연습도 없이 척척 해내는 걸 보면 숨겨진 비밀이 있나 싶을 정도다. 부산갈매기를 지휘하는 응원단장 조지훈 씨는 기막힌 타이밍에 절묘한 응원을 유도해낸다. 이미 부산에서는 모르는 사람이 없는 유명인사가 되었다. 롯데보다 더 롯데 같은 남자. 그의 등장은 경기 시작 전부터 분위기를 집중시킨다. 작은 체구 어디에서 그런 에너지가 나올까 의심스럽지만, 경기가 시작되면 그 진가는 유감없이 발휘된다. 3만 갈매기를 하나로 모아 원하는 대로 지휘해내는 솜씨는 이미 경탄할 만한 경지에 올라 있다. 부산갈매기를 하나의

문화로 만드는 데는 그의 역할도 컸음은 자명한 일이다. 다음은 조지훈 씨의 소감이다.

"야구? 롯데? 중요하죠. 그런데 이젠 구장을 찾는 관중들 때문에 이 자릴 소홀히 할 수 없어요. 비결이 있다기보다, 경기 자체를 느끼고 그대로 표현하려고 노력합니다. 야구에 푹 빠져 있는 관중들의 흩어진 흥분을 모으는 게 제 일이에요. 제 손 끝에 3만 명이 움직이는 걸 보면 정말 짜릿합니다. 아무나 맛볼 수 없는 영광이죠."

진짜 부산갈매기가 되기 위해서는 미리 알아야 할 게 몇 가지 있다. 우선 사직야구장의 전매특허인 신문지. 신문지를 멋지게 말아 가능한 한 풍성하게 찢어주는 아빠가 멋진 아빠로 통한다. 기본이 된 남자 친구라면 여자 친구 것까지 신문지를 미리 준비해야 하고, 신문지 흔드는 박자를 못 맞추는 건 영락없이 민폐가 된다. 또 신문지는 결에 맞춰 세로로 찢어야지 가로로 찢었다가는 가짜 갈매기인 게 금방 들통난다.

경기 시작 전부터 일일이 찢어 만든 신문지를 들고 박자에 맞춰 흔들어댄다. 언제, 누가 먼저 시작했는지는 아무도 모른다. 어느 순간부터 갈매기들 손에는 신문지가 들려 있었다. 신문지가 등장하기 전인 90년대에는 라이터가 그 역할을 대신했다. 3만 명이 라이터를 들고 박자에 맞춰 불을 켜면 황홀한 장관이 연출되곤 했다.

가르시아
민호 서방
잇져
♥부러!!

마!
LOTTE

7회가 되면 나눠주는 주황색 비닐봉지도 빼놓을 수 없다. 원래 쓰레기 수거용으로 나눠주던 비닐봉지가 어느새 응원 도구가 되었다. 한둘이 머리에 쓰기 시작했던 것이 이제는 사직에 가면 꼭 경험해야 할 것 중 하나가 되었다. 3만 관중이 순식간에 주황색으로 물드는 시간은 20분이 채 안 걸린다. 인터넷에는 '봉다리 예쁘게 쓰는 법'만 20가지 이상이 올라와 있다. 남녀노소 일단 사직에 갔다 하면 한 번은 꼭 써보고 온다.

가르시아~♪ 가르시아~♬ 가르시아~♩

카림 가르시아는 펠릭스 호세 선수 이후 롯데가 낳은 최고의 외국인 선수다. 가르시아의 호쾌한 야구 스타일에 부산갈매기는 홀딱 반했다. 삼진을 당하고 배짱 좋게 배트를 부러트리는 그의 모습에 부산갈매기는 더욱 열광한다. 가르시아는 야구광 집합소라는 메이저리그 팬들도 겪어보았지만 부산갈매기와는 비교도 안 된다며 엄지손가락을 치켜세운다.

〈할렐루야〉란 곡을 개사한 그의 등장곡 '가~ 가~ 가~ 가~ 르시아 가르시아 가르시아~'는 그가 받은 최고의 선물이라고 자랑한다. 아닌게 아니라 선수가 자신만의 응원가를 얻는 것은 비할 데 없는 기쁨이자 영광일 것이다.

가르시아 선수가 부산 야구팬들을 열광하게 했다면, 제리 로이스터 감독은 부산갈매기를 폭발시키고야 말았다. 한국 야구 역사상 최초의 외국인 감독인 그는 부진의 늪에 빠진 롯데를 포스트 시즌에 진출시킬 수 있을까라는 우려 섞인 의심의 시선을 보란 듯이 따돌렸다. 2002년 월드컵 4강 신화의 히딩크 감독에게 쏟아졌던 열광과 존경은 고스란히 롯데 자이언츠의 로이스터 감독에게로 이어졌다. 경기장에서 만난 로이스터 감독은 부산갈매기를 어떻게 생각하느냐는 물음에 연신 최고라는 말만 반복했다. 팬들에 대한 마음은 말로 표현이 불가능하다고 했다.

"The best in the World. That's all I can say! 푸싼칼매키!"

인터넷에서의 부산 머시마, 부산 가시나

1. 머시마(남자) 부산갈매기의 이모저모

하나, 롯데 자이언츠 야구라면 100% 미쳐 있다.

둘, 고등학교 때부터 가족이 아닌 친구들과 야구장에 가기 시작한다. 이때 이미 야구에 반쯤 미쳐 있다. 아버지 손잡고 야구장 오기 시작했으니 벌써 사직 경력 10년차쯤 된다. 아슬아슬한 용돈으로 야구장을 다녀야 하기 때문에 일년이 고달프다. 시즌 끝나고 숨 좀 쉴 만하면 곧 다음 시즌 시작이라 긴장의 연속이다. 이때 이미 야구장 친구는 평생 친구가 되어있다.

셋, 고등학교 졸업과 동시에 어떤 식으로든 학생 때보다는 주머니 사정이 빵빵해진다. 그때부터는 주말은 야구장에서 산다. 여자 친구가 생기면 지정석에서 폼도 잡아보지만, 결국 사직의 참맛은 1루 응원 단상 근처에서 느낄 수 있음을 다시 확인한다.

넷, 술값 한번 아껴서 롯데 유니폼 한 장은 필수적으로 구비한다. 일단 유니폼 입고 등장해야 폼이 좀 나는 것 같다. 진짜 갈매기라면 탱크 박정태 선수의 파란색 구형 유니폼을 입어야 먹어준다. 하지만 늘 매진이라 구하기가 힘들다.

다섯, 오래 전 친구들이 어떻게 사는지 궁금할 만하면 야구장에서 오가다 꼭 만난다. 보아하니 앞으로 한 30년은 사직에서 얼굴 볼 것 같다.

여섯, 웬만한 야구해설자보다 야구를 더 잘 안다. 반쯤 코치 기질도 나온다. 다음 타자가 준비 타석에서 스윙하는 것만 봐도 컨디션 파악이 가능하고 그날 경기 안타 여부도 대충 맞춘다.

일곱, 프러포즈할 때는 야구장에서 하면 된다. 어설프게 다른 데서 해봐야 실패 확률만 높아진다. 야구장 3만 관중 앞에서 'NO'라 외치고 야유받을 수 있을 만큼 간 큰 여자는 몇 안 된다. 신청만 하면 구단에서 모든 걸 알아서 해주니까 돈도 안 든다는 사실을 잘 안다. 언제 써먹을 수 있나 기회만 엿본다.

여덟, 야구장을 함께 찾은 가족을 보면서 '나중에 저런 아빠가 돼야지' 하는 꿈을 꾼다. 부산 아가씨 중에 야구장을 싫어하는 수는 극히 미미하므로 꿈이 아닌 현실이라 굳게 믿는다.

2. 가시나(여자) 부산갈매기의 이모저모

하나, 야구, 사직구장, 롯데에 미친 건 머시마와 거의 비슷하다. 여자라고 얕보고 야구에 대해서 아는 척했다간 큰코다친다. 최근 다섯 경기 내용과 결과는 빠삭하게 알고 말을 꺼내야 중간은 간다.

둘, 어릴 때는 야구장에 아빠와 함께 왔지만 주로 고등학교 때부터 친구들과 오기 시작한다. 연예인보다 야구 선수가 훨씬 멋있다고 확신한다. 연예인만 쫓아다니는 친구들이 어리게 보인다. 그리고 저쪽 편에서 비슷한 또래의 남학생들이 미친 듯이 응원하고 있다는 걸 인식한다.

셋, 대학에 가니 이번엔 남자 친구와 야구장에 가게 된다. 지나내나(너나 나나) 야구장에 워낙 익숙해 거리낌 없이 즐기고 논다. 야구장에서 응원하는 모습 보면 대충 성격 파악이 된다. 앞으로 계속 만날지 말지 결정하기도 쉽다. 경기 시작 전 신문지, 치킨, 맥주, DMB폰까지 미리 준비해두는 철저함에 살짝 놀란다. 이러면서 평소에는 왜 제대로 준비하는 게 없는지 이해가 안 된다. 입구에서 학창 시절 동창을 만났는데 역시 남자 친구와 함께 왔단다.

넷, 한동안 끊었던 야구장 출입을 다시 시작한다. 남자도 없고 같이 갈 친구도 몇 명 남지 않은지라 이때 안 가면 언제 갈까 싶어 가보면 생각보다 여자들끼리 온 경우도 많다. 전부 솔로란 말인가. 그라운드 선수 중에 아무라도 남자 친구라면 얼마나 좋을까 상상하며 야구장을 지킨다. 내가 좋아하는 선수가 삼진이라도 당하면 가슴이 왜 이리 무너지는지 상대 투수에게 오뉴월 저주도 서

슴없이 내린다. 아마 상대 투수는 무지하게 오래 살 것 같다. 야구
장에 모인 여자들만 해도 몇 명이던가.

다섯, 뒤에서 아는 척하는 사람들 때문에 집중이 안 된다. 내야
안타와 수비 실책을 구분도 못하면서 무조건 목소리만 크다. 주변
에 아이들과 함께 온 엄마들을 보면서 반은 부럽고 반은 멀지 않
은 현실인 것 같아 내심 걱정된다. 난 저렇게 할 수 있을까. 앉아
있을 틈도 없이 매점을 도대체 몇 번이나 왔다갔다 하는 건지.

여섯, 야구장에서 프러포즈 받는 여자는 무슨 복을 타고 난 건
지, 부러울 뿐이다.

일곱, 일단 야구장 패션은 딱 두 가지다. 유니폼을 입든지 말든
지. 유니폼을 입을 것 같으면 청바지와 코디해야 어울린다. 유니
폼이 아니라면 고민이다. 뭘 입고 가야 하나. 좀 한다는 깔롱(멋쟁
이)들이 하도 많아서 자칫 내가 평범해질 수 있는데. 하긴 패션쇼
하러가나 야구 보러 가지. 편하면 장땡이다.

여덟, 남편이 롯데 팬이 아니었다면 아마 전쟁이 나지 않았을
까 싶다. 자기가 더 야구장에 가고 싶으면서 괜히 위하는 척 같이
가자고 한다. 현장판매분 표 사는 것도 내가 더 잘하는 걸 알기나
할까.

아무도 모른다

90년대에는 야구장에서 김밥을 그렇게도 많이 먹었다. 그런데

야구장을 찾은 엄마들은 떡볶이와 팥빙수,
파전을 사들고 자리로 돌아가기 바쁘다.
하루 이틀 오는 게 아니라서 그 많은 것들을 한 번에 들고 가는 요령도
이제는 다들 수준급이다.

그 많던 김밥 할머니들은 어느덧 자리에서 보이지 않고 요즘은 치킨이 대세다. 야구장을 찾은 엄마들은 떡볶이와 팥빙수, 파전을 사들고 자리로 돌아가기 바쁘다. 하루 이틀 오는 게 아니라서 그 많은 것들을 한 번에 들고 가는 요령도 이제는 다들 수준급이다. 사직구장에서 치킨과 맥주를 경험하지 못한 자, "야구와 인생, 롯데와 사직을 논하지 말라!"

사직구장으로 가는 길에는 닭을 파는 봉고차가 늘어서 있다. 꾼들은 야구장에서 멀리 떨어진, 가는 길에 제일 먼저 만나는 치킨을 산다. 보통이라면 야구장 가까이 갈수록 가격이 싸지는 게 정상이지만 사직구장 주변에서는 워낙 닭이 많이 팔리다보니 안이나 밖이나 가격이 같거나 야구장 근처에 있을수록 천 원씩 더 비싸다. 가장 멀리 떨어진 닭이 천 원쯤 싸다는 것을 아는 것만으로도 야구장 출입 횟수를 짐작할 수 있다.

사직구장에는 무슨 마력이 있는 것만 같다. 단순히 야구 때문만은 아닐 것이다. 사람들을 미치게 만드는 무언가가 어디쯤에 숨어 있는 건 아닐까. 부산 사람들은 사직구장을 가장 큰 노래방이라고 부른다. 처음 사직구장을 찾은 사람도 이제는 공식 노래가 된 〈부산 갈매기〉를 어느새 따라 부르고 있는 자신을 발견하고는 놀라움을 느낀다. 야구가 왜 유독 부산에서 최고의 인기를 누리는지 확실한 이유는 아무도 모른다. 부산갈매기들이 왜 야구에 미쳐 있는지는 더더욱 알 수가 없다.

경찰 특공대

경찰특공대의 실수는 누군가의 희생을 뜻한다.
나일 수도, 내 동료일 수도, 피해자일 수도 있다.
실수라는 단어는 진작에 지워야 했다. 그들에게 실수는 실패의 다른 말일 뿐이다.
단 한 번의 실수도 용납할 수 없다.

단 ‘2’분을 위해 모인 사람들이 있다. 지난 1980년대 창설되어 국민을 지키는 마지막 보루라 일컬어지는 경찰특공대의 대원들. 경찰의 꽃으로도 불리는 이들에게 시간의 개념은 단 2분밖에 없다. 특공대가 필요한 상황이 발생하면 작전 개시 2분 안에 모든 상황을 완벽하게 마무리해야 하기 때문이다. 시간이 더 길어지면 돌발 상황이 발생할 확률이 높아진다. 예상치 못했던 ‘돌발 상황’은 좋은 결과를 가져오지 않는 경우가 더 많다.

그들은 일하면서 수없이 많이 생사의 경계에 서게 된다. 한순간이 생과 사를 가르고 자신이 어느 편에 서게 될지는 아무도 모른다. 때문에 훈련은 수없이 반복되고 머리카락 끝까지 올라서는 긴장감은 일상이 되었다. 그들은 말 그대로 목숨 걸고 일하는 사

람들이다. 일반 경찰력으로는 감당하기 어려운 현장, 주변에 온갖 위험이 도사리고 있는 곳. 그곳이 바로 그들의 일터다.

그들에겐 뭔가 특별한 것이 있다

일과가 끝나면 약속이나 한 듯 다들 집이 아닌 체력 단련장으로 퇴근을 한다. 가장 먼저 땀 흘리고 제일 늦게까지 땀을 흘려야 비로소 하루의 끝을 생각할 수 있다. 역기를 들고 푸시업으로 몸을 단련하는 등, 자는 시간을 제외하고는 하루 종일 땀을 흘린다. 타인의 목숨을 구하기 위해서라면 고된 훈련에도 싱글벙글 웃는 그들은 아마도 '특공대 유전자'라 이름 붙일 법한 특별한 유전자를 갖고 있는 모양이다. 대원들 대부분은 수년간 군 특수전 부대에서 담금질된 최정예 요원들이다. 주 무대가 군에서 사회로 변했을 뿐인 이들의 눈빛은 여전히 매섭다.

가끔씩 뉴스에서 접하게 되는 특공대의 출동 상황은 우리가 직접 경험하는 일이 아닌지라 좀처럼 실감이 나지 않는 게 사실이다. 하지만 그것이 누군가에게는 생사를 넘나드는 현실인 것이다. 불과 얼마 전에 있었던 치정에 얽힌 인질 사건. 범인을 제압하던 중 범인이 휘두른 식칼을 맨손으로 막아야 했던 특공대원은 결국 손을 관통당하는 부상을 입었다. 끊임없는 훈련으로 만반의 준비를 해도 막상 겪게 되는 실제 상황이 어떻게 전개될지는 이처럼 알 수가 없다. 손은 외과적으로 완치되었다 해도 예전처럼

100% 제 기능을 다하지는 못할 것이다. 경찰특공대의 하루하루
는 이런 일들로 채워진다.

게다가 경찰특공대에게는 항상 까다로운 주문이 따라다닌다.
무고한 일반 시민이 연루된 현장이 대부분이기 때문에 보기에는
간단한 상황도 이들에게는 살얼음판이 된다. 군사적인 목적의 진
압과는 그 경계에서 상당히 떨어져 있다. 가장 흔한 인질 사건의
경우만 해도 그렇다. 피해자도 구출하면서 동시에 피의자의 안전
도 고려해야 한다. 그 과정에서 무기의 사용 유무 등과 같은 진압
의 적정 수준을 결정하기란 쉽지가 않다. 불필요하고 억울한 피해
를 줄이고, 모두의 안전을 지키기 위해서는 무엇보다도 진압 수준
의 결정이 중요하다. 피의자가 다치기라도 하면 과잉 진압이란 비
난을 면할 수가 없기 때문이다.

"상황이 돌발적으로 변하는 경우가 대부분이죠. 진압의 수준을
결정해 총도 내려놓고 들어가보면 막상 우리 대원들의 안전조차
보장이 안 되는 경우가 많아요. 거의 진입하자마자 상황을 해결해
야 하는데 범인 손에 무기가 들려 있는 경우도 있어요. 그럼 어떡
합니까. 대원들 몸으로라도 막아야죠. 특공대의 운명이라고 해두
죠."

경찰 내부에서도 특공대를 곱지 않은 시선으로 보는 경우가 있
다. 일선 경찰들은 치안 현장에서 매일 고생하는 데 반해, 대형 사
건이 아니고서는 좀처럼 출동하지 않는 특공대가 훈련이나 하면
서 보내는 게 달갑지만은 않은 모양이다.

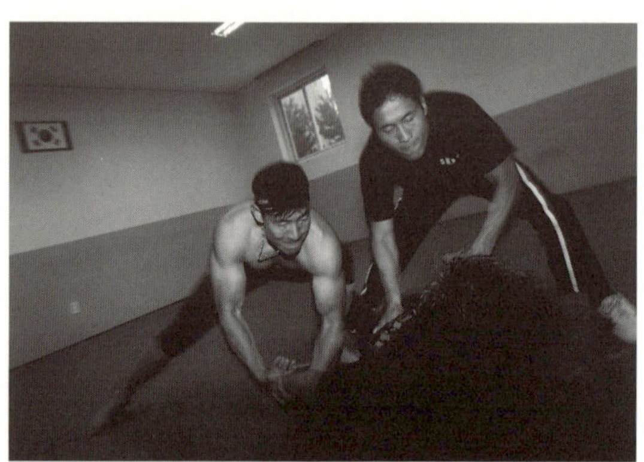

훈련에 매진하는 이유

실수는 생명력 질긴 잡초처럼 끊임없이 생겨난다. 잠시라도 방심하면 실수는 어느새 내 목을 조른다. 경찰특공대의 실수는 누군가의 희생을 뜻한다. 나일 수도, 내 동료일 수도, 피해자일 수도 있다. 실수라는 단어는 진작에 지워야 했다. 경찰특공대에게 실수는 실패의 다른 말일 뿐이다. 단 한 번의 실수도 용납할 수 없다.

하지만 모든 상황을 예측하기란 불가능하다. 더구나 상황은 예상대로만 돌아가지도 않는다. 그래서 훈련을 멈출 수가 없다. 훈련에 훈련 그리고 또 훈련이다. 일과가 끝나도 약속이나 한 듯 체육관으로 모이는 대원들은 땀을 흘린 만큼 모든 걸 예측할 수만 있다면 얼마든지 땀 흘릴 자신이 있다고 말한다.

훈련은 늘 실전이다. 조금 봐주면서 할 법도 하지만 대원들은 애당초 그런 생각을 하지 않는다. 훈련이라고 제대로 하지 않으면 실전에서도 잘할 리가 없다. 공격 견과 훈련할 때도 조금만 방심하면 대형사고가 난다. 공격 견이 훈련인 걸 알고 살살 물어줄 리가 없기 때문이다.

실제 작전은 훈련 상황보다 더 악조건인 경우가 대부분이다. 실전에서의 기회는 다시 찾아오지 않는다. 단 한번뿐이다. 그러니 단단한 각오로 임할 수밖에 없다. 게다가 작전 중에 자신의 안전은 스스로 확보해야 한다. 팀원들이 도와주기는 하지만 모든 상황에서 그럴 수 있는 건 아니다. 결국 스스로를 보호하기 위해서라도 훈련을 실전처럼 치열하게 해야 한다.

비상 출동 명령이 떨어지면 30킬로그램이 넘는 장비와 개인 화기를 챙겨 달려나간다. 어떤 상황이 기다리고 있든지 출동 차량에 탑승한 팀원 모두가 무사히 복귀할 수 있기를 바랄 뿐이다. 그건 혼자만의 생각이 아니다. 옆자리의 동료도 똑같은 생각을 한다. 작전 도중 누군가 한발 더 먼저 나가야 할 상황과 맞닥트린다면 절대 주저하지 않을 것이다.

경찰특공대는 내 인생의 선물

경찰특공대원들이 훈련 중인 운동장에서는 누군가의 아빠, 누군가의 남편, 누군가의 아들인 그들이 뛰고 또 뛰고 있다. 죽을 힘을 다해 뛰어야 살 수 있기 때문이다. 트랙은 끝없이 이어져 끝이 보이지 않고, 평소보다 기록이 1초라도 늦어지면 왠지 마음은 조급해진다. 머릿속에는 딸의 얼굴이, 아내의 얼굴이, 부모님의 얼굴이 파노라마처럼 지나간다.

안전을 담보받을 수도 없고 늘상 위험한 현장에 투입되어야 하는데도, 특공대원들은 좀처럼 일반 부서로 옮겨가지 않는다. 오히려 평생 특공대로 산다는 걸 영광으로 생각한다. 그것은 당장 내 가족이 안전하게 다닐 수 있는 거리를 지키는 일이기 때문이다.

대원들은 경찰특공대가 인생의 선물이라고 말한다. 모든 걸 바

쳐서 해야 할 일이 있다는 건 멋진 일이다. 보통사람들에게는 피하고만 싶은 사건 현장이지만, 그들에겐 제 역할이 있는 소중한 일터다. 대한민국 경찰특공대 대원들은 내가 아니면 아무도 할 수 없다는 당당한 자부심으로 오늘도 살아가고 있다.

"남자라면 한번 도전해볼 만한 일 아닙니까? 특공대 안 하면 늙어서 후회할 것 같더라고요. 일반 회사에 다니다 마지막이다 싶어 도전했어요. 막상 이 일을 시작하고 보니, 진작 못 했던 게 후회될 정도였습니다. 경찰특공대로 사는 하루하루가 정말 제 인생 최고의 날들입니다."

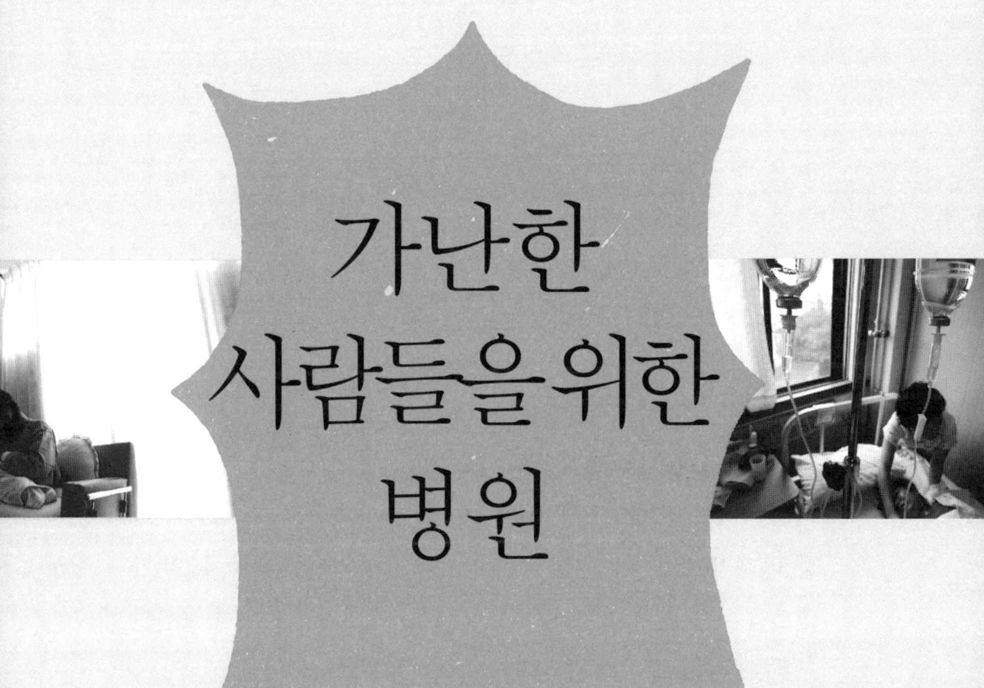

가난한 사람들을 위한 병원

구호병원

구호병원은 가장 이상적인 병원입니다.

아픈 사람과 치료하는 사람만 있으니까요.

돈 걱정 안 하고 필요한 만큼 진료할 수 있으니까 의사 입장에서도 마음이 편합니다.

치료를 더 한다고 누가 뭐라 합니까, 환자를 오래 본다고 누가 뭐라 합니까.

도시의 한편에 조용히 자리잡은 병원. 병상 수는 수백 개에 달하고 의사와 간호사 모두 베테랑이다. 얼핏 보면 다른 병원과 다를 바가 없지만, 이 병원에는 뭔가 특별한 것이 있다. '치료비가 없으면 돈을 받지 않는다'는 사실. 가난한 사람들을 위한 병원인 구호병원은 그래서 특별하다.

마리아 수녀회에서 운영하는 구호병원은 경제적 어려움으로 의료 혜택을 받지 못하는 사람들을 위해 움직이는 병원이다. 1970년 10월 한 미국인 신부의 의지로 시작된 이 병원은 별도의 수입이 없다. 그렇다고 진료의 질이 떨어지는 것은 결코 아니다. 한때는 미국에서 직접 의약품을 후원받다 보니 질 좋은 미제 약을 쓴다는 소문이 퍼져서 치료비가 없어 찾아오는 사람이 반, 돈을 내고 치료받겠다는 사람이 반이던 시절도 있었다. 현재는 소아청소년과, 산부인과, 내과, 외과 이렇게 네 개 과만 설치되어 있다. 모든 진료가 가능하면 좋겠지만 운영이 어려워서 반드시 필요한 진료과만 유지하고 있는 실정이다.

구호병원에서는 환자와 의료진 사이의 대화에 '돈'이 오가지 않는다. 치료를 끝내고 병원을 나설 때 돈이 없다고 해도 아무도 개의치 않는다. 오히려 치료는 충분히 받았는지 묻고, 주의해야 할 것들을 꼼꼼히 점검해준다. 역시 뭔가 달라도 다른 병원이 분명하다.

구호병원의 탄생

구호병원이 탄생하게 된 건 가난한 사람들을 위한 병원이 필요했던 이유도 있지만, 수녀회에서 운영하고 있던 영아원 아이들이 아프면 당장 병원 가기가 곤란했기 때문이었다. 법적인 보호자 관계가 애매해서 일선 병원들도 불편해했다. 고인이 되신 알로이시오 신부님은 영아원에서 자라는 아이들에게도 든든한 병원 하나 정도는 있어야겠다는 생각을 했고, 다행히 한 미국인 후원자를 만나게 됐다. 그의 도움으로 병원을 지었고, 가난을 이유로 의료 혜택을 받지 못하는 소외된 사람들이 하나 둘 찾아오면서 지금의 구호병원이 된 것이다.

영아원 아이들은 대부분 미혼모의 아이들이거나 부모로부터 버림받은 아이들이다. 어른들이 빚어낸 갖가지 사정들은 때때로 아이들을 고통의 한가운데로 내몰고 만다. 그것은 아무런 자격이나 권리도 없이 자행되는 횡포나 마찬가지다. 아이들은 절대적인 사랑 속에서 보호받고 자라야 마땅하다. 수녀님들은 영아원 아이들이 놀다 다치거나 사소한 감기에 걸려도, 어느 아이들보다 따뜻한 보살핌 속에서 지낼 수 있도록 신경을 써주신다. 그 아이들이 갖고 있지 않은 단 하나는 부모의 사랑이다. 채워지지 않는 마음의 빈 곳에 상처가 생기지 않도록 모두가 마음을 다하고 있다.

몸과 마음을 모두 살찌우는 안식처

구호병원에 자원봉사자는 단 한 사람도 없다. 자원봉사를 불신해서가 아니라 설립하면서부터 철저히 지켜지고 있는 원칙이다. 병원비를 받지 않을 뿐, 일하는 모든 병원 관계자들은 다른 병원과 동일한 대우를 받는다. 돈 때문에 혹은 지나친 사명감 때문에 의료 행위에 영향이 미치는 것을 근본적으로 막고 병원 스스로도 당당하고 싶어서다. 무료 병원이라는 말은 외부에서 바라보는 입장에 따라 생겨난 것이다. 돈이 없어 병원비를 치르지 못하는 경우가 많지만, 정상적으로 진료받고 비용을 치르는 환자들도 있기 때문이다.

요즘에는 이주노동자들이 병원을 자주 찾는다. 아픈 게 죄도 아닌데, 불편한 곳이 있으면 치료를 받는 게 당연하다. 주머니 사

정이 넉넉지 않기도 하지만, 타국살이에 제대로 된 의료 혜택을 받지 못하는 경우가 대부분이다. 몸과 마음이 병나고 허한 사람들이 그 둘 모두를 살찌우는 안식처가 바로 이곳이다. 구호병원이 욕심내는 단 한 가지는 환자들이 병원을 나설 때 '내가 이 세상에서 가장 소중한 사람이었구나'라는 마음을 갖고 떠나게 하는 것이다.

큰 병원의 소아과 의사였던 한 선생님은 의사로서의 남은 생을 구호병원에서 보내기로 마음먹었다. 개인 병원을 차릴 수도 있었지만 좋은 일에 한몫 할 수 있다는 데서 의미를 찾았다. 선생님은 마음으로 자주 안아주는 것이 어떤 약이나 주사보다 더 강력하다고 믿는다.

"생각해보면 구호병원은 가장 이상적인 병원입니다. 아픈 사람과 치료하는 사람만 있으니까요. 돈 걱정 안 하고 필요한 만큼 진료할 수 있으니 의사 입장에서도 마음이 편합니다. 치료를 더 한다고 누가 뭐라 합니까, 환자 오래 본다고 누가 뭐라 합니까."

선생님의 말대로 구호병원은 의사 입장에서도 이상적인 병원이다. 환자의 경제적 상황을 일일이 확인하면서 이런저런 검사를 하겠냐고 물어볼 필요도 없다. 검사를 여러 번 한다고 누가 뭐라는 것도 아니니 그저 환자 치료에만 신경을 쓰면 된다. 병원 수입을 고려하지 않아도 되니 스트레스가 없고, 의사 본연의 입장에 설 수 있어 행복하다.

여느 병원도 마찬가지이긴 하지만 구호병원에서는 특히나 위급을 다투는 상황이 자주 발생한다. 병원을 조기에 찾지 않아 병이 악화된 경우가 많기 때문이다. 몸이 너무 상해 혈관조차 잡히지 않는 경우도 빈번하다. '안 아프게만 해주세요'라는 환자의 가늘고 떨리는 목소리 사이로 의사와 간호사의 능숙한 손은 바삐 오간다. 가끔씩 구호병원 사람들은 어쩔 수 없는 안타까움에 한숨짓곤 한다. 눈에 보이는 환자의 상처는 치료해도 가슴속 깊은 곳에 자리잡은 상처까지는 감당할 수가 없기 때문이다. 할 수만 있다면 한껏 손을 뻗어 마음의 생채기를 쉬 아물게 할 연고를 듬뿍 발라주고 싶다.

병원 풍경 1—수유실 앞에서

"병원이 아니라 친정에 왔죠. 마음이 편하고 내 집 같아요. 푹 쉬다 갈 거예요. 아기도 건강해요. 둘째, 셋째도 낳게 되면 여기로 와야죠. 안 오면 오히려 수녀님들이 섭섭해하실 걸요."

수유실에서 만난 아기 엄마는 마리아 수녀회가 운영하는 영아원에서 자랐다. 어느덧 성인이 되어 결혼을 하고 엄마가 됐다. 친정에 오듯 구호병원에 와서 몸을 풀고 소중한 생명을 안았다. 따뜻한 햇살을 등에 지고 젖을 물리는 행복을 마음껏 누린다. 병원비가 없어서도 갈 곳이 없어서도 아니다. 어린 시절 피를 돌게 했던 사랑의 온기는 시원을 찾아가는 본능처럼 다시금 그녀를 이곳에 오게 했다.

생명을 잉태하는 것만 경이로운 것이 아니다. 그 생명을 지키고 세상과 만나게 하는 노력도 그에 못지않다. 누구의 아이건, 어떤 사연을 가진 산모건 구호병원에서 만나는 생명은 그 생명을 지키려는 의사와 간호사 그리고 수녀님들의 노력으로 보호된다. 생명은 모든 가치에 우선해야 하고, 의료는 선택적으로 누릴 수 있는 혜택이 아니라 누구에게나 동등한 권리여야 한다. 구호병원에는 안팎의 경계도 계층의 층위도 없다. 우리 모두는 하나의 테두리에 속해 있고 더 높지도 낮지도 않은 같은 높이의 생명으로 존재하기 때문이다.

"생명의 무게를 달 수 있는 저울이 있습니까? 그런 저울이 눈앞에 등장하지 않는 한 우리 손길이 닿는 곳에 있는 모든 생명은 같은 무게를 갖고 있습니다. 소중하고 곱게 키워야죠. 사랑이 필요하다면 얼마든지 줘야죠. 당연한 일이잖아요."

구호병원의 한 수녀님의 말씀은 당연한 건데도, 그 당연함을 만나는게 왜 이렇게도 낯설기만 할까.

병원 풍경 2—수술실 앞에서

서늘한 공기로 가득한 수술실을 두려워하지 않을 사람은 없다. 아무리 간단한 수술이라도 수술대에 누워 수술실로 들어가는 순간이면 두려운 가슴을 진정시켜줄 따스한 손길이 절실해진다.

한 아이의 수술실 앞에 선 수녀님은 아픈 마음을 숨길 수가 없

다. 수술실로 들어서는 아이가 엄마라고 부르는 자신은 모든 면에서 부족한 사람이고, 그럼에도 아이의 손을 잡아줄 사람은 세상천지에 자신 하나뿐이라는 사실 때문이다. 수술실 앞에서 두려워하는 아이에게 해줄 수 있는 것이라고는 '금방 끝날 거야'라는 속삭임뿐이다. 아이의 아픔이 온통 자신의 탓인 양 수녀님은 마음이 무겁다. 다만 수술이 무사히 끝나기만을 바라며 아이를 기다린다.

또 한 명의 미혼모가 출산을 앞두고 있다. 걱정이 태산 같을 텐데 겉으로 내색 한번 하지 않는다. 임신부의 상태를 꼼꼼하게 챙긴 후, 보호자가 된 수녀님의 기도로 수술이 시작된다. 예정일을 일주일이나 넘긴 임신부의 제왕 절개 수술이다. 고통의 시간이 지나고 드디어 빛을 만난 새 생명은 일주일이나 게으름을 피웠지만 누군가를 꼭 빼닮은 채로 건강하게 세상으로 나왔다. 다행히 산모도 아무 이상이 없다.

생명이 세상으로 나오는 순간은 장엄하기보다는 차라리 소박하다. 그러나 이 우주에서 한 개인의 탄생은 얼마나 위대한 사건의 시작인지. 소중한 생명을 그러쥐고 아기는 세상에 나왔고, 첫 울음을 시원하게 울어댄다. 이 세상에 존재함을 증명하는 발도장도 당당하게 찍는다.

세상에서 가장 소중한 듯 새 생명을 다루는 구호병원 사람들. 그들의 조심스런 손길 속에서 태어난 아기에게는 이제 남들처럼 사랑받고 자라는 일만 남았다.

구호병원이 문을 닫는 날

"세상은 언제나 따뜻해야죠. 사람이 돈이 없어 계속 아파야 한다면 말이 안 되죠. 그런 사람들이 잠시라도 몸을 맡길 수 있는 곳이 우리 병원이 될 수 있어서 좋아요. 지금까지 거쳐 간 환자 수가 480만 명쯤 될 겁니다. 전국민 의료보험이 적용되면서 환자 수가 많이 줄었죠. 어찌 보면 환자 수가 계속 줄어서 우리 병원이 없어도 되는 날이 오는 게 좋은 거 아닐까요?"

흐트러짐 하나 없는 흰 수녀복을 차려 입은 사람들이 오늘도 구호병원을 오간다. 성직자의 길을 걷는 수녀들이 병원을 운영하는 것은 분명 쉬운 일이 아닐 것이다. 운영은 늘 아슬아슬하게 이어지고 이런저런 후원금이 재정의 전부나 다름없다. 이름을 밝히지 않는 후원자도 있고 구호병원의 도움으로 건강을 회복한 사람들이 고마움의 뜻으로 후원을 하기도 한다. 구호병원 사람들은 모든 후원이 끊겨서 병원이 문을 닫는 순간이 정말로 온다면 그때는 세상이 정말 차가워졌다고 인정할 거라 말한다. 하지만 그런 날은 오지 않을 거라 믿는다.

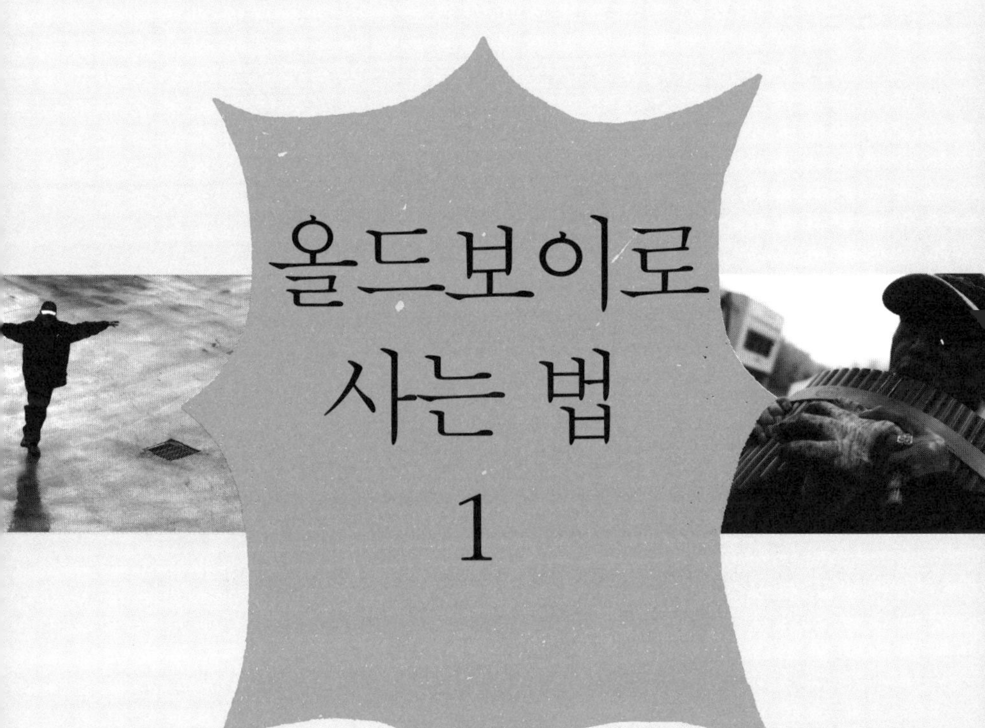

올드보이로 사는 법 1

정태상 할아버지

내가 새라면 세상 어디로든 훨훨 날아다닐 텐데 말이죠.
기름을 채우고 먼 길 떠나는 차를 보면 가슴이 막 설레죠.
나도 어디론가 떠나고 싶다는 생각이 들어서 시간이 지나도 안정이 안 돼요.
히말라야에 다시 가야죠.

"폭우를 뚫고 달리는 이 기분 정말 좋아. 이름? 무칸(無Khan)이야, 나이? 잊은 지 오래됐어. 그걸 왜 물어봐? 환갑은 훨씬 지난 것 같아 그것도 오래 전에. ……출근길에 오랜만에 비가 내리네. 너무 멋져."

올드 보이 무칸 할아버지가 출근길에 올랐다. 차가 아닌 말이라고 생각하는 애마를 타고 출근 중이다. 무칸의 필수품인 모자와 팬 플루트도 함께 애마에 올랐다. 바람처럼 살고 있다는 올드 보이 정태상 할아버지의 어느 아침은 이렇게 시작되었다.

무칸이 도착한 곳은 도시 외곽의 한 주유소. 주로 대형차들을 상대하는 주유소다. 끊임없이 꼬리를 물고 들어오는 화물차를 상대하는 일은 쉴 틈 없이 바쁘다. 무칸은 식사 시간을 제외하고 자리에 가만히 앉아 있는 법이 없다. 어쩌다 한가해져도 맨손체조라도 하면서 시간을 보낸다. 때로는 특기인 팬 플루트를 연주하기도 한다. 기름 냄새가 진동하는 주유소에 아름다운 팬 플루트 소리가 흘러넘치는 장면이 종종 연출되는데, 그것은 바로 무칸이 왔다는 증거다.

무칸은 주유하는 동안에도 손님에게 무슨 서비스를 할까 고민한다. 그러다 커피 한 잔 뽑아서 건네면 무표정이던 손님들도 이내 얼굴이 밝아진다. 게다가 보슬보슬 내리는 보슬비가 들어갈세라 종이 한 장 덮어서 건네는 세심함도 잊지 않는다. 뭐든 진심으로, 마음에서 우러나와야 하는 법이다. 이왕에 하는 일인데 인사도, 서비스도 모두 즐기며 해야 서로가 즐겁다. 무칸을 비롯해 주유소에 모인 노인들은 하던 일이 제각기 달라서 자신에게 맞는 각각의 손님들에게 맞춤 서비스도 가능하다.

무칸은 일이 즐겁다. 돈이 필요하면 벌어야 하는 게 당연지사. 나이 든 사람이 할 수 있는 일이 한정되어 있다보니 주유소에서 일하고 있다. 주유소에서 함께 일하는 모두가 다 노인들이다. 공직에 있다 퇴직하거나 사업체를 운영하다 일선에서 물러난 분들도 있다. 돈도 돈이지만 한창 뛸 수 있는데도 갑자기 일을 그만두니 세상과 동떨어진 기분이 들어 주유소를 찾게 되었다고 한다.

성태상 할아버지는 육신이 어디에 머물러 있든
팬 플루트를 연주하면서 히말라야를 그리워한다.
나이가 들었다고 꿈을 접어야 하는 것은 아닐 터,
무칸은 언제고 다시 히말라야에 갈 것이다.

무칸 할아버지의 본명은 정태상이다. 할아버지는 젊은 시절 실내건축 일을 하며 승승장구 했지만 방랑의 기질만은 버릴 수가 없었다. 급기야 가족이 먹고살 길을 마련해놓고는 자신은 돈 한 푼 없이 뒤도 돌아보지 않고 산으로 들어갔다. 할아버지는 계룡산에 기거하는 수많은 도사 중 한 명이기도 했다.

떠도는 것은 천상 업인가도 싶다. 보통은 나이가 들면 밖으로 떠돌다가도 떠났던 길을 거슬러 집으로 돌아오는데 그는 도무지 그럴 기미가 보이지 않는다. 스스로는 적당히 표현할 말이 없어 그냥 역마살이라고 한다. 생각해보면 사람은 누구나 어디론가 떠나고 싶어하는 것 같다. 현실이 허락하지 않아서 욕망을 누르고 있는 것뿐. 원래 인간의 유전자는 미지의 세계를 찾아 떠나게끔 프로그램되어 있는 게 아닌가 하는 생각이 든다. 여행은 그것을 발로 실천하는 것뿐이다. 여행을 떠날 수 있다는 사실, 가능성, 희망만으로도 그는 아직 견딜 만하다.

"내가 새라면 세상 어디로든 훨훨 날아다닐 텐데 말이죠. 지금은 주유하는 게 내 일이네요. 기름을 채우고 먼 길 떠나는 차를 보면 가슴이 막 설레죠. 나도 어디론가 떠나고 싶다는 생각이 들어서 시간이 지나도 진정이 안 돼요. 히말라야에 다시 가야죠. 그게 꿈인데. 아무것도 없어도 됩니다. 두 다리만 튼튼하면 히말라야로 갈 겁니다."

할아버지는 삶은 여행으로 채워진다고 믿었다. 히말라야가 무작정 좋았던 것도 사실이다. 가장 고독할 수 있는 곳에서 진정한 삶의 에너지를 얻고 싶었다. 히말라야로 가는 길, 인도에서 만난 사람들을 잊지 못하고 아직도 그들을 떠올리며 그리워한다. 할아버지는 히말라야는 지구상에 유일한 신들의 공간이라고 생각한다. 말로 잘 표현할 수 없지만, 한번 그곳과 만나게 되면 절대 헤어날 수 없다고 한다. 직접 지었다는 무칸이란 이름도 히말라야에서 지은 것이다. 영어로 하면 King of Nothing. 아무것도 없는, 모든 것을 비운 자, 그런 자들의 왕이란 뜻이다. 히말라야로 가는 길에 배가 고프면 노래 한 곡 불러주거나 팬 플루트 연주 한 곡 멋들어지게 하고서 밥을 얻어먹었다. 필요한 것은 아무것도 없었다. 히말라야에서는 그렇게 지냈다.

어머니와의 시간 그리고, 히말라야

무칸의 퇴근 시간, 집에서는 노모가 저녁을 준비하신다. 평생 방랑자로 돌아다니던 아늘이 요즘은 낭신을 보신다며 함께 시낸다. 어머니는 아들이 좋아하는 찌개와 국을 끓이고 시간 맞춰 상을 내신다.

"제 업이죠. 젊었을 때 오지게 돌아다녔으니까. 바람처럼 세상을 누비고 다녔는데 그때 쌓인 인생의 업이 이제 돌아온 것이죠. 모실 자식이 저밖에 없는 건 아니지만, 제가 모셔야죠. 제가 이렇

제 업이죠.
바람처럼 세상을 누비고 다녔는데
그때 쌓인 인생의 업이 이제 돌아온 것이죠.
제가 이렇게 멀쩡한데
어머니께서 여생을 마치실 때까지는
모시는 게 도리라고 생각합니다.

게 멀쩡한데 어머니께서 여생 마치실 때까지는 모시는 게 도리라
고 생각합니다."

지금 다니고 있는 직장은 어머니를 모시는 데도 중요하다. 두
식구의 한 달 생활비가 그냥 생기는 게 아닌 까닭이다. 물론 생활
하는 데 많은 돈이 필요하지는 않다. 지금 정도면 별다른 어려움
없이 생활할 수 있다. 게다가 매달 저축도 조금씩 하고 있다.

어머니께서 여생을 마치시면 그는 히말라야로 갈 생각이다. 그
의 유일한 소원은 히말라야에서 눈을 감는 것이다. 실컷 자유를
누린 영혼이 최고로 즐거운 순간, 가슴이 한없이 가벼워 날아가는
기분이 드는 그 순간에 말이다. 절대로 늙지 않는다는 영혼의 소
리가 그렇게 말하고 있다.

할아버지의 팬 플루트 소리를 가만히 듣고 있으면, 히말라야의
소리라는 게 있다면 이런 소리가 아닐까 하는 생각이 든다. 정태
상 할아버지는 육신이 어디에 머물러 있든 팬 플루트를 연주하면
서 히말라야를 그리워한다. 나이가 들었다고 꿈을 접어야 하는 것
은 아닐 터, 무칸은 언제고 다시 히말라야에 갈 것이다. 언젠가 다
시 그곳에 도착할 때까지 그의 연주는 멈추지 않을 것이다.

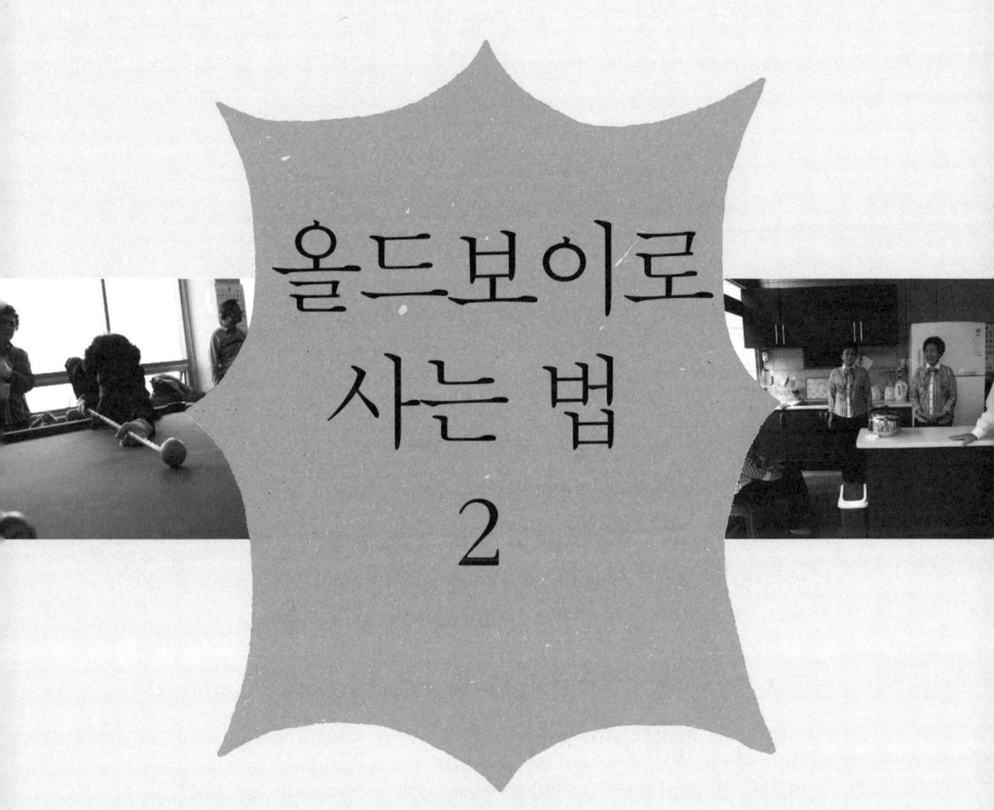

올드보이로 사는 법 2

실버 카페

실버 카페에서 일하는 할머니, 할아버지들은 아침에 갈 곳이 있다는 생각만으로도
몇 년은 젊어지는 기분이다.
월급 받으면 손자들 과자도 사주고 자식들한테 용돈을 안 받아도 되니
눈치 볼 일 없어 오히려 더 마음이 편하다.

의학 기술이 발달하고 삶의 수준이 향상되면서 우리 사회 노년층의 비율은 점차 증가하고 있다. 하지만 정년이 지나면 적응할 틈도 없이 어느 날 갑자기 모든 것이 바뀐다. 아침에 일어나도 갈 곳이 없고 힘이 있는데도 일할 곳을 찾지 못한다. 숙련된 기술과 능력은 한순간에 사장되어버리고 덩그러니 놓인 여생을 어찌 감당해야 할지 막막하기만 하다.

자식에게 의지하며 보살핌을 받는 것도 어느덧 옛말이 되었다. 건강하고 즐겁게 여생을 영위하고 싶은 노인들은 하루가 아깝다며 부산하게 지낸다. 하고 싶었던 공부를 다시 시작하기도 하고 먹고 사느라 미뤄두었던 여행에 남은 시간을 투자하기도 한다. 정년에 영향을 받지 않는 일을 했던 노인들은 후배들에게 기술을

전수하거나 그 기술의 노하우를 필요로 하는 기업에 재취업하기
도 한다.

실버 카페를 아시나요?

"여기 실버 카페 직원으로 일하는 것이 제겐 너무 소중합니다.
내 실력도 실컷 발휘할 수 있고……. 근데 한 가지 억울해. 내가
나이가 예순다섯인데 여기선 막내라 언니들이 맨날 나보고 막내
라고 뭐라고 하잖아요. 하하."

경남 진해의 한 실버 카페. 아직은 한산한 오전 시간, 할아버지
와 할머니 몇 분이 유니폼으로 갈아입고 넥타이를 정성스럽게 고
쳐 매느라 분주하다. 몇 번이고 거울을 보며 흐트러진 곳이 없는
지를 확인하고서야 카페의 문을 연다. 조금은 흥분되는 듯 달뜬
얼굴로 손님을 기다린다.

실버 카페를 찾는 손님들의 한결같은 소감은 편안하다는 것이
다. 그도 그럴 것이 다른 곳에서는 상상할 수도 없는 일들이 이곳
에서는 뭐든지 척척 해결된다. 살림의 고수인 할머니들의 감각은
곳곳에서 발휘된다. 초보엄마 아기 기저귀 가는 것 도와주기, 단
추 떨어진 손님 바느질해주기 그밖에도 경험에서 우러나오는 생
생한 삶의 지혜들까지. 이곳은 모두가 사랑방 드나들 듯 할 수 있
는 그런 곳이다.

할머니, 할아버지는 실버 카페에 와서 평생 처음 들어보는 메

뉴도 많았다. 당신들 세대에는 없던 메뉴들이 많기 때문이다. 손님이 주문하면 아이스크림은 얼마를 넣고, 음료는 또 얼마를 타야 하는지 미리 메모해둔 쪽지를 봐가면서 만들기도 한다. 한번은 할머니들이 총출동해 한참만에야 겨우 음료 하나를 완성한 적도 있었다.

집에서 편히 쉬는 게 좋은 것만은 아니었다. 세상이 너는 몇 살까지만 일하라고 선을 긋는다는 게 우습기도 했다. 아직 젊은데 정년을 마쳤다고 아무것도 안 하는 건 시간이 너무 아깝다는 생각도 들었다. 실버 카페에서 일하는 할머니, 할아버지들은 아침에 갈 곳이 있다는 생각만으로도 몇 년은 젊어지는 기분이다. 월급 받으면 손자들 과자도 사주고 자식들한테 용돈을 안 받아도 되니 눈치 볼 일 없어 오히려 더 마음이 편하다.

다시 찾은 젊음

"늙었다고 배우는 걸 겁내면 아무것도 못해. 젊었을 땐 한 번에 다 배웠나 뭐. 안 해 봤으니까 못하는 거지. 하면 돼. 난 헬스도 하고 수영도 하는데 뭘. 내가 영감들보다 당구를 더 잘 쳐. 영감들 젊었을 때 당구 한 가닥 했다고 설치더니만 나한테 다 졌어. 하하."

요즘 할머니, 할아버지들의 하루는 바쁘게 돌아간다. 카페 일을 마치면 다들 모여서 함께 당구를 치러 가기도 하는데, 할머니들의 당구 실력은 남자들은 저리 가라 할 정도로 수준급이다. 크고 거창한 일이 아니더라도 노인들이 할 수 있는 소소한 일들은 얼마든지 있다. 좋은 사람들과 함께 일하며 건강하고 즐겁게 노년기를 보내는 것은 더이상 먼 곳의 이야기가 아니다.

실버 카페는 많은 수는 아니지만 일에 대한 의지가 충분하고 건강하게 지내고 싶은 노인들을 고용해 사회적인 혜택으로 돌리자는 취지에서 생겼다. 예상보다 고용 효과는 뛰어났고 카페를 찾는 손님들의 반응도 좋았다. 그 결과 근무시간을 전일(全日)로 확장하고 오전, 오후로 나눠 운영하게 되면서 고용 인원도 두 배로 늘었다. 실버 카페라는 작은 시도는 분명 성공이다.

참된 교육의 고민

아이가 품고 살아갈 평생의 정서를 고민한다면

수업도 어떻게 하는 것이 옳은지 답이 나오지 않을까요.

공부를 잘하게 하려고 학원에 보내고 과외를 시키고 기상시간이 거기에 맞춰지고.

그건 아이의 올바른 리듬이 아니에요.

일상생활을 잘하기 위해서는 수업이, 그리고 공부가 아이에게 맞춰져야 하죠.

자연과 조화를 이루는 아이들. 그 아이들이 다니고 있는 학교가 바로 '꽃피는 학교'다. 2007년에 개교한 이 학교는 유치원, 초등, 중등, 고등의 15학년제로 운영이 되며, 경기도 하남·충북 제천·대전·부산에 나뉘어 개설되어 있다. 아직은 교육시설이 충분하지 않아 초등 과정을 마치고 중·고등 과정에 가려면 과정이 개설된 대전 등지로 옮겨야 한다.

꽃피는 학교 아이들은 처음부터 입학한 경우도 있지만, 일반 학교에 다니다 전학 온 학생들도 절반 정도나 된다. 지금의 교육 현실에 염증을 느낀 부모들이 과감한 결단으로 아이들을 전학시키는 경우가 점차 늘고 있다.

꽃피는 학교에는 준비물도, 숙제도, 시험도 없고 성적표도 없다. 과잉된 교육열 속에서 공부만을 강요받는 아이들과 비교해 자 칫 학업 성취도가 떨어지지나 않을까 하는 염려의 목소리도 있지 만, 아이들은 상상력을 자유롭게 풀어내고 자연의 비밀을 스스로 들여다볼 줄 아는 사람으로 자라나고 있다. 다투고 경쟁하기보다 는 서로 도우며 문제를 해결해 나가는 법을 배우고 그것을 실천하 고 있다. 옳고 그름을 떠나 교육의 가치에 대한 판단은 각자의 몫 이지만, 꽃피는 학교에 다니는 아이들은 이곳에서 교육의 참된 가 치를 직접 체험하고 있는 것이 분명해 보인다.

힘껏 걸어 아침을 열다

꽃피는 학교의 아침은 '힘껏 걷기'라는, 숲속 산책으로 시작한 다. 아이들 몸은 오전에는 충분히 깨어 있지 않기 때문에 숲을 거 닐며 몸을 깨우고 자연과 호흡하는 시간을 갖는 것이 좋다. 선생 님과 함께 숲속을 걸으며 마음껏 호흡하다보면 몸 구석구석에 맑 은 공기가 가득 차 저절로 몸과 마음이 깨어난다. 흙을 밟으면서 땅의 기운을 직접 느끼고 커다란 나무의 껍질을 만지며 자연을 손 끝으로 체험하기도 한다. 절로 노래를 부르는 아이, 나무와 풀의 이름을 떠올리며 걷는 아이 등 저마다 산책하는 방법은 다르지만 숲속 산책이 즐거운 건 모두 똑같다.

이런 경험을 통해 훨씬 두드러진 변화를 보이는 건 일반 학교 에서 전학 온 아이들이다. 산을 타보지 않아 처음에는 힘들어하고

꽃피는 학교의 아침은
'힘껏 걷기'라는 숲속 산책으로 시작한다.
선생님과 숲속을 걸으며 마음껏 호흡하다보면
몸 구석구석에 맑은 공기가 가득 차
저절로 몸과 마음이 깨어난다.

숲을 지날 때 만나는 벌레도 무서워하던 아이들은 시간이 지나면서 차츰 자연이 주는 편안함과 재미에 익숙해져 간다. 일단 적응하고 나면 그때부터는 뛰어다니면서 산책을 기게 되는데, 그러다 보면 자연히 몸도 건강해지고 정서도 안정된다. 아침부터 책상 앞에 앉혀놓는다고 무조건 능률이 오르는 건 아니다.

가야 할 길의 중간쯤에 이르면 아이들과 선생님이 모두 한자리에 모인다. 힘껏 걷기에 이은 '아침 열기'를 위해서다. 가슴에 손을 얹고 자연과 인사를 나누며 하루를 시작하는 자리다. "The Sun, Good Morning! 여름 여름 여름이 오면 햇님은 높이 오르고……" 아이들의 아침은 이렇게 힘찬 울림으로 시작된다. 숲은 생명력이 아주 강하다. 그런 숲에서 생명력 넘치는 아이들이 자연과 기운을 나누다 보면 몸의 구석구석이 깨어난다. 이 시기의 아이들에게 무엇보다 필요한 건 건강한 기운을 북돋아주는 것이다.

꽃피는 학교엔 없는 게 많다?

꽃피는 학교에 아이를 보내기 위해서는 먼저 부모의 서약서가 필요하다. 그 주된 내용은 집에서 TV를 치우겠다는 것이다. TV를 없애는 게 효과가 있을지 의문스러웠는데 막상 없애고 보니 아이들이 정말 달라지기 시작했다. TV보다 재밌는 놀이가 널려 있으니 TV 볼 생각도 안 하고 심지어 TV가 있는지 없는지도 아예 모르고 지낸다.

꽃피는 학교엔 TV말고도 없는 게 또 있다. 일반 학교처럼 정해진 교과서나 그 흔한 참고서도 없다. 모든 수업은 억지로 가르치기보다 오감을 사용하는 체험을 통해서 스스로 배워가기를 강조한다. 이 시기의 아이들은 오감이 아주 예민하고 한참 발달하는 중이기 때문이다. 단순히 읽고 쓰는 교육보다 자연과 일상생활 속에서 스스로 터득하고 깨우치는 법을 배우는 것이 더 중요하다는 게 선생님들의 생각이다. 세 살 버릇 여든까지 간다는 말도 있듯, 어릴 때 형성된 정서가 아이의 평생을 좌우하게 된다고 믿는다.

"아이가 품고 살아갈 평생의 정서를 고민한다면 수업도 어떻게 하는 것이 옳은지 답이 나오지 않을까요. 공부를 잘하게 하려고 학원에 보내고 과외를 시키고 기상 시간이 거기에 맞춰지고. 그건 아이의 올바른 리듬이 아니에요. 일상생활을 잘하기 위해서는 수업이, 그리고 공부가 아이에게 맞춰져야 하죠."

서로의 차이를 존중하는 것

꽃피는 학교 아이들은 글을 쓰는 시간이 다른 아이들에 비해 두세 배 더 걸린다. 글자를 몰라 느린 것이 아니라 한글의 초성, 중성, 종성을 모두 다른 색으로 번갈아 쓰기 때문이다. 자연의 이치를 고려해서 만들어진 한글의 초성, 중성, 종성은 상징하는 바가 모두 다른데 (초성은 하늘의 소리, 중성은 사람의 소리, 종성은 땅의 소리를 상징한다) 각기 어울리는 색을 골라 글자 하나를 쓰는 것이다. 이렇게 천천히 색을 바꿔가며 글을 쓰게 하면 아이들은 훨씬 더 정성을 들여 반듯하게 쓰려고 노력한다.

아직 서툰 아이들에게 속도를 부추기고 무엇이든 빨리하도록 강요하는 것은 바람직하지 않다. 속도를 강요하는 건, 속도 경쟁에서 뒤처지면 아무리 내용이 알차도 경쟁에서 지는 것으로 생각하는 탓이다. 중요한 건 속도가 아니라 정성을 들여 제대로 하는 것이다. 걷는 법과 뛰는 법을 동시에 가르칠 수는 없다. 제대로 걷는 걸 가르치면 혼자서도 잘 달릴 수 있지 않을까.

아이들은 어른이 아닌, 그저 아이일 뿐이다. 아직 상상 속에 살고 있다. 세상을 어른들이 보는 대로 보는 게 아니라 자기의 머릿속 상상과 겹쳐서 본다. 그 상상력이 일반적인 교육 과정에서는 1순위가 될 수 없다. 구구단을 줄줄 외우고 받아쓰기 백점을 맞는 것만이 '교육이 제대로 되고 있다'는 것을 의미하지 않는다는 걸 알면서도, 어린 시절을 지나온 어른들은 획일적인 교육, 사회가 만든 틀 안에서 그 시절을 자꾸만 잊어버리는 모양이다.

꽃피는 학교 수업시간은 아이들이 상상력을 키우고 그것이 더 큰 상상력으로 이어지게끔 해주려는 노력들도 채워진다. 남과 다른 생각 그리고 자신만의 상상력은 우등과 열등으로 구분 되어야 하는 것이 아니라 서로의 차이 곧 개성으로 존중받아야 하는 것이다. 꽃피는 학교의 목적은 이렇듯 서로의 다른 점을 받아들이고 존중하는 토대를 마련하는 것이다.

자연이라는 교실

"지금 노는 시간 아닌데요. 수업시간인데요. 우리는 밖에서도 수업을 많이 해요. 선생님하고 같이 흙을 파서 그 안에 뭐가 들어 있는 지 보고 설명을 들어요. 어제 비가 와서 그런지 오늘은 지렁이가 많은데 지렁이가 많은 건 땅에 좋은 거래요. 지렁이가 끊어지면 안 되니까 살살 만지고 놀아요. 만져볼래요?"

아이들은 손으로 직접 자연을 느낀다. 강아지의 심장 박동을 직접 들어보며 생명을 경험하고 알아간다. 수많은 곤충이 혐오의 대상이 아니라 자연의 일부이며 제 역할이 있다는 것도 터득한다. 머리가 아니라 몸으로 배우는 것이다. 자연 속에는 모든 게 다 있다. 그 안에서 아이들은 호기심으로 뭔가를 계속 발견하고 놀이로 발전시키고 거기에 상상력을 보탠다. 자연이라는 탐구 대상에서 삶의 단계를 하나씩 배워간다. 자연은 꽃피는 학교의 가장 큰 교실이며 더없이 훌륭한 교과서가 된다.

'오늘 열심히 도와줘서 고맙다'

"선생님이 우리한테 존댓말 써주는 게 제일 좋아요. 화도 안 내시고. 매도 없어요. 평가도 안 하잖아요. 누구는 좋고 누구는 싫다는 말 안 해서 좋아요."

지금 노는 시간 아닌데요. 수업시간인데요.
우리는 밖에서도 수업을 많이 해요.
선생님하고 같이 흙을 파서
그 안에 뭐가 들어 있는지 보고 설명을 들어요.
지렁이가 끊어지면 안 되니까 살살 만지고 놀아요.
만져볼래요?

　하교할 시간이 되자 선생님은 아이들을 한 명씩 일일이 앞으로 불러 인사를 건넨다. '오늘 열심히 도와줘서 고맙다'라는 말과 함께 고개 숙여 인사를 한다. 일반 학교에서는 낯선 장면이다. 아무리 어려도 아이들은 자기가 진심으로 존중받고 있다는 걸 느낀다. 그렇게 자란 아이들이 나 아닌 다른 사람을 배려하고 사랑으로 충만해지는 것은 어쩌면 당연한 일인지도 모른다.

　선생님들은 아이들에게 존댓말을 썼을 때 아이들 스스로가 달라지는 모습을 발견할 수 있었다. 더 존중받고 사랑받기 위해서는 행동하기 전에 주의를 기울이고 '내가 존중받았으니 남도 존중해야 되는구나'라는 걸 직접 느끼면서 친구들과도 사이좋게 지내게 된다. 선생님들도 자연히 말을 조심하게 되고 부드러운 단어들로 긍정적인 감정을 많이 전달하다보니 언어순화도 저절로 이루어졌다. 꽃피는 학교 아이들은 욕을 모른다. 이곳에 오기 전에 알던 욕도 시간이 지나면 다 잊어버린다.

참된 교육을 고민하다

　학교 앞 작은 뜰에서 아이들은 지칠 줄 모르고 뛰어논다. 엄마, 아빠가 데리러 온 줄도 모르고 신나게 논다. 부모들은 막상 이 학교에 아이를 보내놓고 걱정을 했던 게 사실이다. 다른 아이들은 학원도 다니며 공부에 열심인데 부모인 자신들이 결정을 제대로 한 건지 혼란스러웠다. 아이들이 노는 걸 말리지는 않지만 때로는 놀아도 너무 논다 싶을 때도 있다. 대신 일반 학교에 다닐 때보다 아이들 얼굴이 훨씬 밝아졌다. 숙제에 대한 부담과 시험의 공포에서 해방되자 그늘진 모습이 사라진 것이다.

어떤 한 사회가 갖고 있는 분위기나, 성공을 향해 형성되어 있는 문화에서 벗어나 자유로워진다는 것은 쉽지 않은 일이다. 아직 아무것도 모르는 아이들이 어려서부터 속도 경쟁, 출세 경쟁에 내몰리는 현실이 안타까울 뿐이다. 경쟁 사회에서 살아남게 하기 위해 아이들을 교육한다는 건 끔찍한 일이다. 공교육도 많이 변하고는 있지만 사회의 분위기와 요구에서 완전히 자유로울 수는 없을 것이다. 획일적인 사회의 틀 안에 각기 다른 개성을 가진 아이들을 몰아넣고 있는 게 우리 교육의 현실이다. 우리 모두가 참된 교육이 무엇인지 고민해봐야 할 것이다.

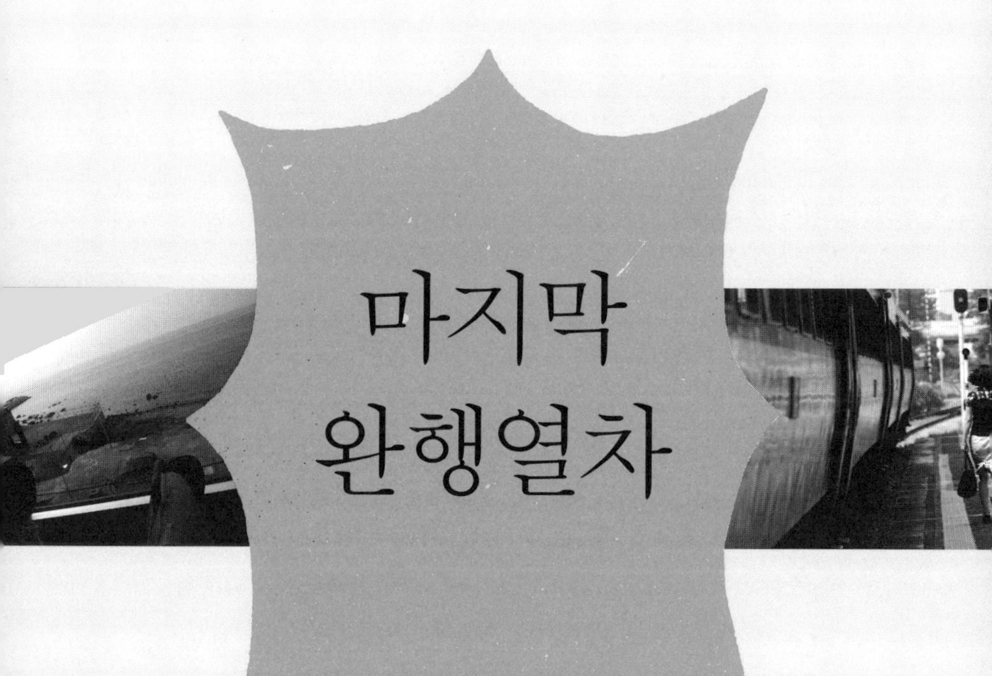

마지막 완행열차

동해남부선

이제껏 살아온 촌부의 삶에, 열차는 삶의 곡절을 따라 함께 달려왔다.
여름 한낮의 무더위와 한겨울 추위를 이겨가며 정성들여 가꾼 나물이며
채소를 시장에 내다 파는 것은 열차가 없다면 가능하지 않은 일이었다. 특
별한 일이 없는 한 매일을 오가며 기차에 몸을 실었다.

세상은 빛의 속도로 달리는 중이다. 너무 빠른 속도에 지치고 신물이 난 한편에서는 느리게 살기를 외치기도 한다. 정해진 삶의 속도가 있는 것도 아닌데, 저마다 자신만의 속도로 나아가면 좋으련만 여전히 많은 사람들의 관심은 어떻게 하면 더 빨리 할 수 있을까에 모아진다. 예전에는 상상할 수도 없었던 엄청난 양의 데이터를 불과 몇 초 만에 인터넷을 통해 공유할 수 있는 세상이 되었으니 속도가 좋긴 좋은가 보다.

속도 전쟁의 바람은 열차에서도 불었다. 2004년 우리나라는 시속 300킬로미터의 고속철도 시대에 들어서게 됐고, KTX는 서울과 부산을 두 시간대로 연결해주고 있다. 덕분에 시간의 소비가 엄청나게 줄었다.

그러나 목적지를 두고 바삐 움직이는 게 아니라면, 어쩌면 그럴 때조차도 기차를 탄다는 것은 우리들 가슴을 설레게 한다. 특히나 완행열차가 주는 낭만적인 감흥은 각별하다. 이제는 거의 사라지고 없지만 동해 남부 곳곳을 연결하는 동해남부선. 마지막 남은 완행열차가 아직 달리고 있다.

낭만열차 VS 인생열차

부산진역과 포항역을 잇는 동해남부선은 동해안의 해안 절경을 따라 달리며 크고 작은 간이역을 지난다. 1974년 통근열차가 운행되며 도시와 농촌을 이어주는 교통수단으로 한몫을 했지만, 승객이 줄어들면서 지금은 사라질 위기에 처해 있다.

동해남부선을 따라 운행하는 열차 몇 편에는 '낭만열차'라는 이름이 붙었다. 고속철도 시대에도 사람들은 역사의 뒤안길로 사라지고 있는 느린 열차를 타고 싶어한다. 마치 별미를 맛보듯 추억이나 낭만을 찾아 기차에 오른다. 도시를 빠져나와 한참을 달린 끝에 시골 간이역에 정차하면, 어두워 제대로 보이지도 않는 역 주변을 돌며 기념사진을 찍고 어릴 적 추억을 떠올리기도 한다. 이제는 일부러 돈을 내고 느린 열차를 타는 세상이 되었다.

하지만 누군가에게 그 열차는 낭만이 아닌 말 그대로 삶을 위해 존재하기도 한다. 지금껏 질기게 이어온 삶. 그 하루를 더하는 일터로 나가기 위해 완행열차에 올라야 한다. 이제껏 살아온 촌부의 삶에, 열차는 삶의 곡절을 따라 함께 달려왔다. 여름 한낮의 무더위와 한겨울의 추위를 이겨가며 정성들여 가꾼 나물이며 채소를 시장에 내다 파는 것은 이 열차가 없다면 가능하지 않은 일이었다. 특별한 일이 없는 한 매일을 오가며 기차에 몸을 실었다.

열차에 실은 40년

새벽 첫 열차가 멈춰선 간이역. 열차를 기다리는 손님은 할머니 두 분뿐이다. 40년을 타는 열차지만 할머니들은 지금도 열차만 들어오면 몸과 마음이 분주해진다. 챙겨 나온 짐 꾸러미를 하나라도 빠트리지나 않았나 주변을 살피고 또 살핀다. 할머니의 짐 속은 오늘 하루 팔아야 할 것들로 가득하다. 손수 길러낸 각종 야채며 나물들이 싱싱하게 살아 있다.

열차에 몸을 실은 할머니들은 그제서야 아침 한술을 뜨기 시작하신다. 찬이라 봐야 풋고추 몇 개에 이미 식어버린 된장국이 전부지만 세상에서 가장 맛있는 밥이라며 자랑하신다. 40년 동안 열차에서 차린 아침 밥상. 그 삶의 고단함은 할머니들의 때늦은 아침식사에서 고스란히 묻어난다.

아침상을 물리기도 전에 벌써 다음 간이역이 모습을 드러내고, 열차는 어김없이 멈추어 선다. 이번에 기차에 오르는 할머니들도 여느 할머니들과 마찬가지로 불룩한 꾸러미들을 챙기시느라 여념이 없다. 할머니들은 같은 열차를 탄다는 이유만으로 누구보다

친한 사이가 되었다. 달달하게 타온 커피를 한 잔씩 나누기도 하며, 너나할 것 없이 보따리에서 과일 등 먹거리를 꺼내놓으신다.

도시의 시장으로 나가는 할머니들은 수십 년을 열차에서 만나왔으니 이제는 가족 같은 느낌이다. 혹시라도 얼굴이 보이지 않으면 어디가 아픈 건 아닌지 안부가 궁금하다. 이름도 잘 모르는 남의 집 아들 소식도 물어보고 시집간 작은딸이 예쁜 손자 안겨준 것도 자랑하신다. 고단함의 인이 박인 무릎이며 허리 통증이 어떻게 하면 사라지는지에 대해서도 분분한 의견들이 오간다.

열차에는 할머니들을 제외한 다른 손님이 거의 없어서인지 가끔씩 낯모르는 사람이 지나가면 살갑게 인사를 건네고 커피도 따라주신다. 어떨 때는 그 자리에서 오이를 깎아 내밀기도 하신다. 거절이라도 할 요량이면 밥 안 먹는 아이 혼내듯 몸에 좋은 걸 못 알아본다는 핀잔이 이어진다. 결국, 싱싱한 오이를 받아들고 한 입 베어 물어야 무사통과다.

달리는 내내 가슴 따뜻한 정을 나누던 열차에도 차츰 정적의 순간이 몰려온다. 새벽에 일어나 부산하게 움직인 탓일까. 할머니들은 하나 둘 의자에 몸을 반쯤 기대고 잠시 눈을 붙이신다. 누군들 달콤한 아침잠에 빠지고 싶지 않을까. 그런데 이 잠깐의 휴식도 그나마 열차 손님이 줄어들어 누릴 수 있는 호사다. 예전에는 잠을 자는 건 꿈도 못 꿀 만큼 사람들로 북적였다. 자리도 없을 뿐더러 저마다의 목소리로 시끌시끌했었다.

시장, 삶의 터전

열차가 두 시간을 달려 도착한 역. 문이 닫힐세라 가져온 짐 보따리를 하나씩 역으로 먼저 던져놓는다. 허리도, 무릎도 예전만 못해 마음먹은 대로 움직이지 않는 몸은 제일 나중에 내린다. 열차에서 내리면 시끌벅적한 시장이 할머니를 기다리고 있다. 예전만큼 사람들로 붐비지 않아 한결 여유가 생겼지만 매일매일 역에 첫발을 내디딜 때마다 묘한 긴장감이 할머니를 설레게 한다. 몇 평 안 되는 시장 한 귀퉁이, 바로 여기가 할머니의 40년 인생이 머문 자리다. 이 자리를 지키기 위해 하루도 쉬지 않고 열차를 타야 했다.

시장 사람들은 할머니가 열차를 타고 멀리서 오는 줄은 잘 모른다. 새벽 장사가 한창일 때면 어김없이 자리를 지키고 있었기에 근처의 부지런한 할머니 정도로 생각했던 것이다. 장을 보러 나온 사람들은 할머니의 물건을 흥정도 없이 사고는 사라진다. 할머니 성격이 워낙 시원시원하고 물건도 좋아 대부분 짧게는 수년째 단골이란다. 그래서일까 점심때가 되기도 전에 할머니의 장사는 끝이 났다. 할머니는 오늘 번 몇 만 원을 들고 서둘러 집으로 돌아가신다. 그래야 해거름에 밭일을 마칠 수 있기 때문이다.

매일 새벽 세 시면 할머니들은 열차를 타기 위해 눈을 뜬다. 서로를 억척이라 부르며 살아온 세월. 할머니들은 열차를 타고 다니며 장사한 돈으로 자식을 키우고 시집장가도 보냈다. 이제는 편하

몇 평 안 되는 시장 한 귀퉁이,
바로 여기가 할머니의 40년 인생이 머문 자리다.
이 자리를 지키기 위해 하루도 쉬지 않고 열차를 타야 했다.

게 사실 때도 됐건만, 그만 하시라는 자식들의 성화에도 열차로 향하는 할머니들의 발길은 좀처럼 멈출 줄을 모른다. 아직 몸이 성한데 쉬다니 안 될 말이라며 손까지 내젓는다.

점차 낯선 풍경으로 보이는 것

바다를 끼고 있는 몇 안 되는 노선 중에 동해남부선은 가장 아름다운 풍광으로 유명하다. 동해바다와 열차 사이를 질투하듯 갈라놓는 바닷가 주변 풍경은 어딘지 조금씩은 다른 모습으로 잠시도 눈을 뗄 수 없게 만든다. 액자에 걸린 풍경이 살아 움직이듯, 가만히 앉아 있는데 산이 나왔다 사라지고 이름 모를 풀들로 가득한 들판도 지나간다. 바람은 자신의 존재를 알리려는 듯 세상의 온갖 것을 흔들어 놓는다.

열차는 수평선과 하늘의 경계를 따라 한참을 지나간다. 미동도 없이 펼쳐진 바다와 하늘을 보고 있으면 꿈속을 여행하는 듯하다. 하지만 머지않아 꿈속 여행은 끝이 날 것이다. 기차도 사람도 더 이상 멈춰 서지 않는 간이역이 많다. 모두의 발길이 끊긴 그곳에는 표지판만 홀로 서 있게 될 것이다. 열차가 지날 때마다 '땡 땡 땡' 소리를 내던 신호기도 육중한 열차가 멈추는 날 함께 사라져 버릴 것이다.

매일 아침 여행을 떠나듯 홀로 열차를 탄 게 한평생. 할머니들은 하루에 네 시간씩 기차를 타며 그 시간 속에 많은 걸 묻어버렸다. 때로는 기차가 창밖으로 흘려보내는 풍경이 닳고 닳아 문드러진 자신의 마음인 것도 같았다. 창밖 풍경은 생각보다 빨리 지나간다. 열차를 탄 수십 년의 시간도 이처럼 빨리 지나갔을 것이다.

사람들은 기차를 탄다. 고향 가는 길에 기차를 타고 혹은 고향을 떠나는 기차를 타기도 한다. 사랑하는 사람을 만나러 가기 위해 기차를 타고, 영원할 줄 알았던 사랑이건만 이별이란 상처를 안고서 기차를 탄다. 저마다의 인생을 안고서, 동해남부선 완행열차는 지금도 달리고 있다.

도시의 마지막 어부

부산의 어부들

도시에도 어부가 있다는 사실을 알게 된 사람들은

그들이 만들어 내는 작은 항의 풍경을 보기 위해 일부러 찾아오기도 한다.

그것은 낯선 풍경임에 분명할 것이다.

도시의 어부는 그렇게 마지막 빛을 발하며 스러져가는 불꽃 같다.

다 타고나면 '어부' 라는 두 글자는 도시에서 사라질 것이다.

바닷가 마을에만 어부가 사는 건 아니다. 도시에도 어부가 산다. 도시와 어부는 어울리지 않는 조합이지만 도시를 떠나지 않고도 바다에서 삶을 이어가는 사람들이 있다는 사실. 높다란 빌딩 사이에 도시에 남은 마지막 어부들이 살고 있다. 직업조사라도 한다면 공란에 '어부'라고 쓰는 사람들. 어부는 인간이 이 땅에 살기 시작한 이래 가장 오래되고 원초적인 직업이다. 그 방식도 예나 지금이나 별로 달라진 게 없다.

도시의 천덕꾸러기

그물이며 통발은 본디 물속에서 숨을 쉬는 것들이다. 그런데

그것들이 육지에 올라와 서서히 썩어가고 있다. 이유는 간단하다. 그물을 치고 싶어도 칠 수 있는 바다가 없어서다. 그토록 넓은 바다에 한 조각 그물을 칠 곳이 없다는 건 도시의 어부가 가진 아이러니다. 삶은 사람의 체온만큼이나 따뜻하지만 그 삶이 펼쳐지는 현실은 때론 얼음장보다 차디차다.

도시의 어부에게 있어 바다는, 눈앞에 있어도 마음대로 손 댈 수 없는 바다가 되었다. 우리 눈에는 보이지 않지만 바다에는 대형 선박을 위한 항로가 더 많이 그어져 있기 때문이다. 원칙적으로 선박의 항로 안에서는 조업을 할 수가 없다. 원양어업은 여기에서 자유롭지만 연근해어업은 그렇지가 않다. 수천 개의 컨테이너를 실은 선박이 안전하고 수월하게 다닐 수 있어야 하는 것도 맞는 말이다. 그 컨테이너가 있어야 살아갈 수 있는 사람들도 분명 존재한다. 따지고 보면 어느 것도 소중하지 않은 것은 없다.

바닷가 마을에 사는 어부들에게 바다는 아직 그들의 것이고 어촌이란 말도 그들이 있어 통용된다. 하지만 어부와는 어울리지 않는 도시의 어부들은 그 안에서 이런저런 이유로 천덕꾸러기 신세가 된다. 도시에도 어부가 있다는 사실을 알게 된 사람들은 그들이 만들어내는 작은 항의 풍경을 보기 위해 일부러 찾아오기도 한다. 그것은 낯선 풍경임에 분명할 것이다. 도시의 어부는 그렇게 마지막 빛을 발하며 스러져가는 불꽃 같다. 다 타고나면 '어부'라는 두 글자는 도시에서 사라질 것이다.

변해가는 바다

　도시의 풍경을 뒤로 하고 묶여 있는 배는 오늘도 그대로 멈춰 서 있다. 풍요롭던 바다 속은 사막처럼 황폐해져 해초 한 줄기 없이 말라간다. 그 속에서 물고기는 그림자조차 찾아보기 힘들어졌다. 소리 없이 하나씩 사라져간다. 해초가, 그것을 먹는 물고기가, 그 물고기를 먹는 더 큰 무언가가 결국엔 어부도 사라질 것이다. 도시의 어부에게 일어나고 있는 일이다.

　배를 띄울 수 있는 바다도 점점 줄어들어 이제는 작은 배 한 척도 힘들다. 배를 띄운다고 해도 물고기를 따라 마음껏 이동할 수도 없다. 멀리 간다고 많이 잡는다는 보장이 없기 때문이다. 게다가 손이 많이 가는 배는 물 속에 반쯤 잠긴 몸이라 그런지 자주 고장이 난다. 조업은 갈수록 힘들어지는데 고장이라도 나면 어쩌다 좋은 기회가 와도 바다로 나갈 수가 없다. 바다로 한 번 나가는 데 필요한 기름 값이 물고기를 팔아 남는 돈보다도 더 많이 든다. 나갈수록 손해가 생기는 일이다보니 점점 바다에 나가는 횟수가 줄어든다. 자꾸 안 나가니까 배는 더 빨리 썩어가고, 결국 악한 것이 순환하며 병을 만드는 꼴이다. 기계고 사람이고 계속 움직여야 더 건강한 법인데 말이다.

　상황이 이렇다보니 어부들에게 일상이었던 것이 이제는 선창의 볼거리가 되어간다. 조업을 나가는 배가 줄어들어 이제는 한두 척이 전부다. 종일 짠 바람을 맞고 돌아와도 작은 통 하나를 겨

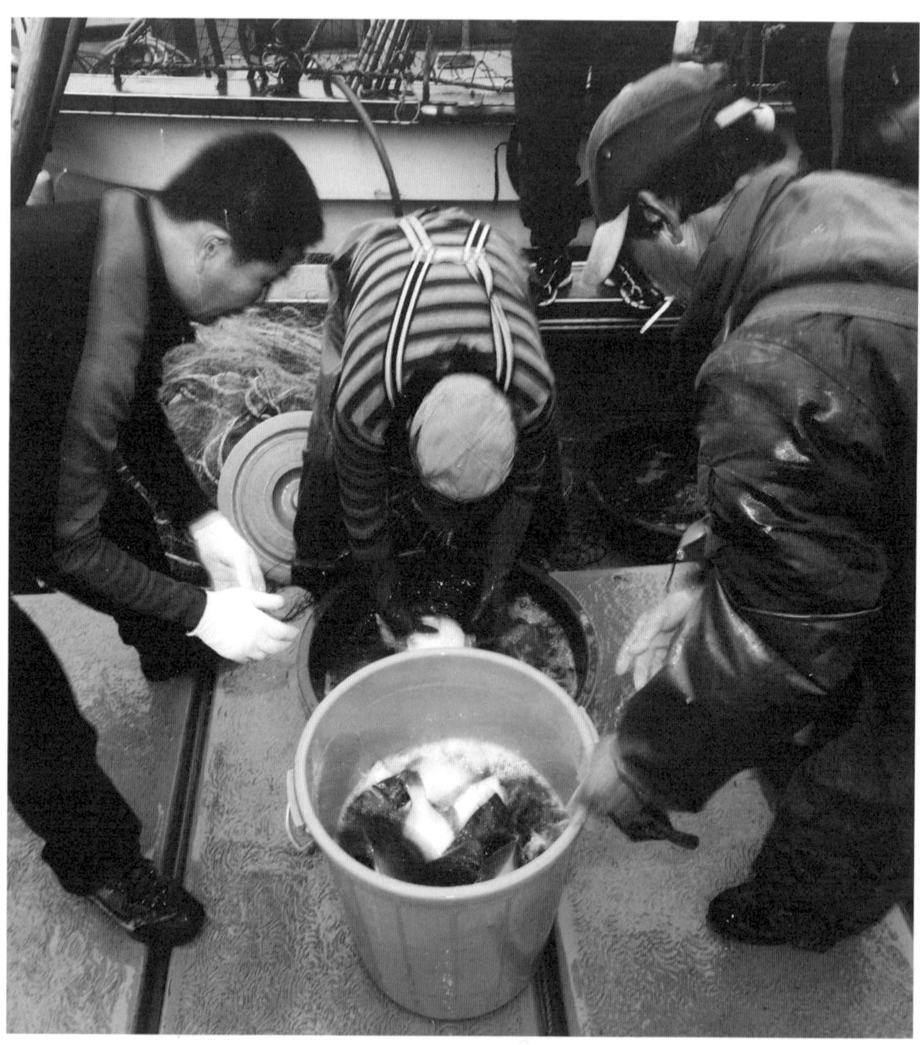

우 채우는 몇 마리로 끝이다. 한창 때는 모두 바다에 나가 있느라 얼굴보기도 힘들었던 동네 사람들이 통 안에서 파닥거리는 광어를 보기 위해 모여든다. 이제는 광어보다 사람이 더 많다.

도시에 사는 어부의 일상

제주에서 태어나 고기를 따라 부산까지 오게 된 한 어부는 지금껏 30년 넘게 배를 탔다. 고기만 많이 잡히면 어디서 살든 상관없는 일이었다. 평생 비린내 나는 손으로 살았지만 자식들도 제 구실할 만큼 키워냈다. 이제 더이상 누구도 이 일을 하려 하지 않겠만 그는 지금까지 해오던 대로 살고 싶다. 다만 고기가 줄어드는 게 걱정일 뿐이다.

바다를 둘러싼 환경문제는 생각보다 심각하다. 일년 365일 해대는 해안 공사와 매립 등으로 조류의 방향이 바뀌고 그에 따라 물길이 달라진다. 그 안에서 호흡하던 생명들이 바뀐 환경에 적응하지 못하고 어디론가 떠나거나 먹이를 잃고 모두 죽어간다. 물속은 벌써 백화라는 바다의 사막화가 급속히 진행 중이다. 지난해와 같은 날 같은 장소에서 그물을 던져보면 한숨조차 나오지 않는 상황이 벌어진다. 불과 일년 사이인데도 몇 마리씩이나마 올라오던 고기가 어떤 날은 아예 보이지도 않고 애꿎은 불가사리만 잔뜩 걸려 있다.

그래도 어부의 일상은 계속된다. 새벽같이 일어나 바다로 나갈 채비를 한다. 일기예보를 들었더라도 부두로 가는 몇 걸음을 걸으며 코끝으로 바람 냄새를 맡고 피부로 풍향을 느껴야 안심이 된다. 평생을 바다 사람으로 살아온 터라, 몇 시면 비가 오고 바람은 언제 얼마나 불어올지도 자로 잰 듯 정확하게 읽어낸다. 서둘러 부두에 도착하면 낡고 오래된 작은 배가 주인을 기다리고 있다. 밤새 파도에 울렁이며 칭얼대듯 흔들리던 작은 배는 주인이 올라서자마자 언제 그랬냐는 듯 요동을 멈추고 엔진을 힘차게 돌린다.

한때는 조업 나가는 배가 워낙 많아 미끼를 대주는 사람도 새벽이면 정신없이 바빴는데 요즘은 밑밥 장사도 잘 안 돼 그나마 남은 장사도 접어야 하는 상황이다. 꽁꽁 얼어붙은 미끼 몇 포대 혹은 담치 두어 박스를 싣고 어부는 부두를 나선다. 해가 떠오르기도 전에 통통거리는 작은 배로 바다를 가른다. 하루 전에 미리 쳐두었던 그물을 올리고 다시 미끼를 넣어 그물을 내리면 낮 열두 시쯤이 된다.

예전에는 배가 무거울 정도로 고기로 가득 찼지만 지금은 겨우 기름 값 정도만 되면 그것에 만족할 수밖에 없다. 이렇게라도 물고기들이 살아 있다는 게 고마울 뿐이다. 잡은 고기를 가지고 상인과 흥정을 마치고 나면 배 수리와 그물 정비를 하면서 시간을 보낸다. 조업이 안 된다고 이런 일을 게을리 하면 결국 어부로서의 삶은 끝이라는 걸 알기 때문이다.

해질 무렵이 되어서야 어부는 부두를 벗어날 채비를 한다. 집에 돌아가면 저녁을 먹고 새벽에 다시 바다에 나가기 위해 일찍

잠을 청한다. 어부의 하루는 그렇게 흘러간다.

어부로 사는 즐거움

출렁이는 파도. 파도를 따라 춤을 추는 배. 하루 종일 그 배에서 보내는 시간이 땅을 밟는 시간보다 많을 때가 있다. 그때는 어부의 얼굴에도 모처럼 웃음꽃이 핀다. 제철을 맞아 어부의 바다를 찾아온 고기 떼를 만나면 제때 그물을 올리기 위해 작은 배 위에서 며칠이고 지낸다.

바다 위에서는 시간을 가늠하기가 힘들다. 해가 떴다가 지고 또 달이 떴다가 진다. 작은 배에서 먹고 자며 며칠씩 지내다보면 어느 게 바다고 어디부터가 하늘인지 구분하기 힘들어진다. 정말로 허공에 떠 있는 것처럼 배가 떠다니는 기분이다. 이따금씩 찾아와 말을 붙이는 갈매기는 바다 한가운데서 맞닥트리는 쓸쓸하고도 외로운 심사를 달래준다. 그것은 바다 사람만이 누릴 수 있는 소중한 순간이기도 하다.

고기 떼를 놓칠세라 며칠씩 집에도 가지 않고 조업을 하고 나면 오랜만에 배가 묵직해진다. 이런 날은 일년에 몇 번 되지 않지만, 단 하루를 살아도 진짜 어부처럼 사는 것 같아 즐겁기만 하다.

사람들은 도시 안으로 들어서는 삶이지만 도시의 어부들은 도시 밖으로 나가는 삶을 산다. 하늘에 닿기라도 할 것 마냥 서 있는

거대한 빌딩 숲 사이에서 도시의 어부는 정성스레 배를 닦고 그물
을 손질한다. 그렇게 날마다 다시금 바다로 나갈 준비를 한다.